LES AVENTURES

DE

CALEB WILLIAMS.

TOME III.

LES AVENTURES

DE

CALEB WILLIAMS,

OU

LES CHOSES COMME ELLES SONT;

PAR W. GODWIN;

Traduites de l'anglais sur l'édition derniérement publiée par l'Auteur, avec des changemens et corrections.

Amidst the woods, the Leopard knows his kind;
The Tyger preys not on the Tyger brood.
Man only is the common foe of man.

Le Léopard, au fond des bois, respecte son semblable; le Tigre n'a pas soif du sang du Tigre; l'homme seul est l'ennemi naturel de l'homme.

TOME TROISIÈME.

A PARIS,

CHEZ Mme. Ve. AGASSE, IMPRIMEUR-LIBRAIRE, RUE DES POITEVINS, No. 6.

1813.

LES AVENTURES

DE

CALEB WILLIAMS.

CHAPITRE PREMIER.

Je suivis la ruelle dont j'ai parlé, sans apercevoir aucune créature humaine, et sans être aperçu. Les portes et les volets étaient fermés; tout était encore dans le silence de la nuit. J'arrivai sain et sauf jusques au bout de la ruelle. Si ceux qui étaient à ma poursuite suivaient immédiatement mes traces, ils verraient peu de probabilité à ce que j'eusse trouvé une retraite dans cet endroit, et en conséquence ils ne manqueraient pas de continuer, sans hésiter, la route que j'avais été obligé de faire moi-même.

La campagne, dans l'endroit où je venais de m'ouvrir passage, offrait un aspect aride et inculte ; elle était couverte d'épines et de broussailles ; le sol était presque partout sablonneux, et la surface extrêmement irrégulière. Je montai sur une petite éminence, et je distinguai à assez peu de distance quelques chaumières éparses. Cette vue ne me fit pas grand plaisir ; je sentis que pour le moment il était extrêmement essentiel à ma sûreté de me soustraire à la vue de tout individu de l'espèce humaine.

Je redescendis donc dans la vallée, et après l'avoir examinée avec plus d'attention, je m'aperçus qu'elle était parsemée de cavités plus enfoncées les unes que les autres, mais toutes trop peu profondes pour pouvoir cacher quelqu'un, ni même pour qu'on pût les soupçonner de servir à cet usage. Cependant, le jour ne faisait que de commencer à paraître; le temps était bas et pluvieux, et pour un étranger à qui ces cavités n'étaient pas bien connues, l'épaisseur de l'ombre qu'elles répandaient en ce moment, pouvait bien les faire présumer propres à fournir une retraite. Ainsi, tout faible qu'était le secours que je pouvais en retirer, je crus devoir user de cette ressource, pour l'instant, comme la meilleure dans la circonstance. Il ne s'agissait pas moins que de ma vie, et plus était grand le péril auquel elle était exposée, plus elle me paraissait chère. La retraite que j'adoptai comme la plus sûre n'était guères qu'à cinquante toises de l'extrémité de la ruelle et des dernières maisons de la ville.

Il n'y avait pas deux minutes que je m'y tenais, lorsque j'entendis un bruit de pas précipités, et que j'aperçus aussitôt le guichetier ordinaire avec un autre passer tout à côté de ma niche : ils étaient si près de moi que si j'avais allongé la main, je crois que j'aurais pu toucher leurs habits, sans remuer de ma place. Comme il n'y avait entre eux et moi aucune partie du monticule sous lequel j'étais, je pouvais les voir en entier, quoique l'ombre fût assez étendue pour me rendre presque totalement invisible. Je les entendis se parler entre eux, d'un ton fort animé de colère : « Maudit soit le pandard, disait l'un ! » Où diable peut-il être allé ? » — « Que » cent diables l'emportent, disait l'autre ! » Je voudrais seulement le tenir encore » une bonne fois. » — « N'aie pas peur, » repliqua l'autre, il ne peut pas avoir » plus d'un demi-mille d'avance sur » nous. » Je ne pouvais plus les entendre, car quant à les voir, je n'osais pas seulement m'avancer d'un pouce pour regarder, de peur d'être découvert par ceux qui seraient à me poursuivre dans une autre direction. Par le peu de temps qui s'était écoulé entre l'instant de mon évasion et l'apparition de ces deux hommes, je conclus qu'ils étaient passés par l'issue que j'avais faite moi-même, car il était impossible qu'ils eussent eu le temps de sortir par la porte de la prison, et de faire un détour considérable dans la ville, comme ils y auraient été obligés sans cela.

Cette preuve de diligence de la part de l'ennemi m'allarma si fort, que je fus quelque temps sans oser quitter seulement d'un pas le lieu de ma retraite, ni presque changer de posture. Le temps qui avait été dès le matin sombre et couvert de bruines, se changea avec le jour en une pluie forte et continuelle. L'aspect triste et nébuleux du ciel et de tous les objets qui m'environnaient, la proximité de ma prison et un manque absolu de nourriture étaient autant de circonstances qui me firent passer les heures d'une manière fort peu agréable. Toutefois ce mauvais temps qui semblait amener avec lui le silence et la solitude m'encouragea par degrés à changer mon abri pour un autre de même genre, mais qui semblait m'offrir plus de sûreté. Je ne fis que roder avec très-peu de variation autour du même coin de terre, pendant tout le temps que le soleil demeura sur l'horizon.

Vers le soir, les nuages commencèrent à se dissiper, et la lune vint à paraître dans tout son éclat, comme le soir précédent. Pendant tout le jour, je n'avais pas vu trace d'homme, si ce n'est la rencontre dont j'ai parlé. Peut-être en avais-je été redevable à la nature du temps; dans tous les cas, je trouvais que c'était une épreuve trop dangereuse que de m'aventurer à quitter ma retraite par une nuit aussi éclairée. Je fus donc obligé d'attendre le coucher de l'astre qui m'était si contraire, ce qui n'eut lieu qu'à cinq heures du matin. Tout ce que je pus faire pour me soulager fut de me coucher au fond de ma petite caverne, ne m'étant presque plus possible de me tenir sur mes pieds. Là je tombai dans un assoupissement pénible et interrompu à tout moment, suite d'une nuit aussi laborieuse, et d'une journée aussi triste et aussi fatigante; quoique je cherchasse plutôt à éviter le sommeil qui, joint à la fraîcheur du temps, ne pouvait que me faire plus de mal que de bien.

L'intervalle d'obscurité dont j'étais résolu de profiter pour me retirer à une plus grande distance de ma prison, était tout au plus de trois heures, dans toute sa durée. Quand je voulus me lever, j'étais accablé de faim et de fatigue; et ce qu'il y avait de pis encore, l'humidité du jour précédent, jointe au froid sec et piquant de la nuit, m'avait presque perclus les membres. Je me levai néanmoins, et tâchai de me mouvoir, appuyé contre un des côtés de la butte; je me mis à étendre dans tous les sens, les muscles des extrémités, et à la fin je parvins à sortir de cet état d'engourdissement. Cette opération fut accompagnée de douleurs incroyables, et il ne fallut pas peu de résolution pour la continuer. Après avoir quitté ma retraite, j'avançai d'abord d'un pas faible et incertain; mais à mesure que j'allais, je hâtai ma marche. Les friches qui bordaient ce côté de la ville n'étaient, du moins en cet endroit, frayées par aucun sentier; mais j'avais les étoiles qui me guidaient, et j'étais déterminé à m'éloigner le plus possible de l'odieux séjour où j'avais été retenu si long-temps. La ligne que je suivais était sur une surface fort irrégulière; tantôt il me fallait monter à pic, tantôt descendre un fossé très-profond et très-obscur; quelquefois même le passage était si dangereux, que je me trouvais obligé de m'écarter considérablement de ma direction. Néanmoins j'avançais toujours avec autant de rapidité que tous ces obstacles pouvaient me le permettre. Le mouvement de la marche, et l'activité de l'air, me rendirent plus dispos et plus alerte : j'oubliai tous les inconvéniens de ma situation, et je sentis mon esprit reprendre son ardeur et son énergie.

J'avais déjà gagné le bord des bruyères, et j'entrais dans ce qu'on appelle ordinairement la forêt. Quelqu'étrange que la chose puisse paraître, il n'en est pas moins vrai qu'épuisé de faim, comme je l'étais, dépourvu de toute espèce de moyens de pourvoir à mes besoins, et environné de mille sujets d'allarmes, j'éprouvai tout à coup la chaleur et l'enthousiasme de la joie et de l'espérance. Je voyais les plus redoutables difficultés de mon entreprise, surmontées, et je ne pouvais pas croire qu'après en avoir tant fait, rien de ce qui me restait à faire fût capable de m'arrêter. Je me rappelais avec horreur les chaînes que j'avais portées, et le sort affreux que j'avais vu si long-temps suspendu sur ma tête ; jamais homme ne savoura plus vivement, que je le fis alors, les douceurs de la liberté : jamais homme ne sentit avec plus d'énergie, combien la pauvreté indépendante l'emporte sur les trompeuses amorces d'une vie de servitude. J'étendis mes bras avec transport, et en battant des mains, je m'écriai : « C'est à présent que je suis un » homme ! hier, ces poignets étaient » serrés par des fers ; chaque mouvement que je faisais pour me lever ou » pour m'asseoir, était marqué par le » bruit de mes chaînes ; j'étais lié par » terre, comme une bête sauvage, et » un cercle de quelques pieds de circonférence était le seul espace où je » pusse m'étendre. Aujourd'hui, je puis » courir en liberté ; je puis, comme un » jeune daim, m'élancer sur les montagnes. Grand Dieu ! (s'il est vrai que » Dieu daigne compter les battemens » solitaires d'un cœur dévoré d'inquiétudes) toi seul pourrais dire avec » quelles délices un prisonnier qui vient

» de briser sa chaîne goûte le bonheur
» d'avoir recouvré sa liberté ! Moment
» sacré, moment impossible à décrire,
» où l'homme se ressaisit de ses droits !
» Mais pourtant ma vie était menacée
» parce qu'un homme sans foi a osé
» soutenir ce qu'il savait être un men-
» songe ; j'étais destiné, au printemps de
» mon âge, à endurer une mort igno-
» minieuse, de la main de mes sem-
» blables, parce qu'aucun d'eux n'a eu
» assez de pénétration pour reconnaître
» la vérité ; parce qu'ils ont pris pour
» des impostures, des paroles qui par-
» taient de l'abondance d'un cœur plein
» de conviction ! Chose étrange, que les
» hommes se soumettent d'âge en âge à
» laisser dépendre leur vie du souffle
» d'un autre, et cela simplement pour
» que chacun ait à son tour le pouvoir
» de jouer, au nom de la loi, le rôle
» de tyran ! O Dieu, donne moi la pau-
» vreté ! fais pleuvoir sur moi tous ces
» dangers, toutes ces traverses dont on

» dit que la vie de l'homme est entourée, » je les recevrai avec mille actions de » graces. Mais laisse moi en proie aux » bêtes féroces du désert, si jamais je » dois encore redevenir la victime de » ceux que l'autorité a revêtus de sa » robe ensanglantée ! permets au moins » que ma vie soit mon bien : que j'aie » à la défendre, j'y consens, de la fu- » reur des élémens, de la rage des » tigres affamés, ou de la vengeance » effrénée des barbares, mais jamais de » la cruauté froide et compassée des » tyrans de la société ! » Quel heureux enthousiasme que celui qui m'inspirait tant d'énergie, au milieu des horreurs de la faim, de la pauvreté et de l'abandon universel !

J'avais déjà fait au moins six milles. D'abord j'avais mis beaucoup d'attention à éviter les habitations qui se trouvaient sur ma route, dans la crainte d'être vu par les personnes du dedans, et de laisser après moi des traces à ceux qui étaient à ma poursuite. A mesure que j'avançai, je crus pouvoir me relâcher un peu de mes précautions. Dans ce moment, j'aperçus plusieurs personnes qui sortaient d'un endroit un peu plus fourré du bois, et venaient droit à moi. Je ne vis rien que de favorable dans cette rencontre. J'étais dans la nécessité d'esquiver l'entrée des villes et hameaux du voisinage; mais en même-temps, je ne pouvais attendre plus long-temps à me pourvoir de quelque nourriture, et il était assez vraisemblable que je trouverais à cet égard un peu d'assistance auprès de ces gens-ci. Dans ma situation présente, leur emploi ou profession était une considération qui me semblait fort indifférente. Je n'avais guères à craindre de la part des voleurs; et des voleurs même, à ce que je pensais, ne pouvaient manquer d'être, tout aussi bien que d'honnêtes gens, touchés de compassion, pour mon état. Ainsi, bien loin de les éviter, j'allai droit sur leur passage.

C'était des voleurs. Un de la bande s'écria : *Qui va là ? arrête !* Je les abordai. « Messieurs, leur dis-je, Je » suis un pauvre voyageur, presque... » Pendant que je parlais, ils m'entourèrent, et celui qui avait parlé le premier, se mit à me dire : « Que diable viens-tu » nous chanter avec ton pauvre voya- » geur ? Il y a dix ans que nous n'en- » tendons que cela. Allons, allons, » commence par retourner tes poches, » afin que nous sachions si la prise est » bonne. » Monsieur, répliquai-je, « Je » ne possède pas un schelin dans le » monde, et par-dessus le marché, je » suis à demi-mort de faim... » — « Pas un » schelin ! reprit mon adversaire, c'est- » à-dire, donc que tu es pauvre comme » un voleur ? mais, si tu n'as pas d'ar- » gent, tu as des habits, et il faut que » tu t'en débarrasses. »

— « Mes habits ! m'écriai-je avec in- » dignation ; il n'est pas possible que » vous veuilliez exiger pareille chose.

» N'est-ce pas assez que je sois sans un
» sou dans ma poche ? J'ai été obligé
» de passer toute la nuit en plein air ;
» voici le second jour que je n'ai pas
» mangé un morceau de pain. Auriez-
» vous bien le courage de me laisser
» nud par le temps qu'il fait, au mi-
» lieu de ce bois ? Non, non ; vous êtes
» de braves gens ; cette haine de l'op-
» pression qui a armé vos mains contre
» l'insolence des riches, vous dira de
» soulager ceux qui périssent de besoin
» comme moi. Pour l'amour de Dieu,
» donnez-moi quelque chose à manger !
» Ne me dépouillez pas au moins du
» seul bien qui me reste ! »

Pendant que je leur adressais cette harangue avec l'éloquence improvisée du sentiment, il ne me fut pas difficile, malgré la faible lueur du jour, de m'apercevoir à leurs gestes, que deux ou trois d'entre eux paraissaient s'intéresser pour moi, et disposés à parler en ma faveur. L'homme qui s'était déjà constitué l'interprête de la troupe, s'en aperçut comme moi; et soit par brutalité de caractère, soit par jalousie de pouvoir, il voulut s'épargner la honte d'avoir le dessous. En conséquence, il se hâta de prévenir les autres, en se ruant brusquement sur moi, et en me poussant de plusieurs pas hors de la place où j'étais. La secousse que j'avais reçue, attira sur moi un autre de la bande qui n'était pas du nombre de ceux qui m'avaient paru écouter ma remontrance, et celui-ci répéta la même brutalité. Ce traitement m'indigna au dernier point; et après avoir été balotté deux ou trois fois en avant et en arrière, je me dégageai de mes assaillants, en faisant volte-face, et me mis en posture de me défendre. Le premier qui s'avança jusqu'à ma portée, était celui qui avait commencé l'attaque. Je n'écoutai alors que le mouvement de ma colère, et l'étendis par terre de tou son long. Au même instant, je fus assailli de tous côtés; ils tombèrent sur moi avec de gros bâtons noueux, et je reçus un coup qui me fit presque perdre connaissance. Celui que j'avais renversé s'était relevé, et au moment où je tombais, il m'asséna un revers de coutelas qui me fit une profonde blessure entre le col et l'épaule. Il allait redoubler; les deux dont l'animosité avait paru s'ébranler dans le commencement, se mirent aussi à ce qu'il me sembla, en devoir de se joindre à l'attaque, soit par une sorte de mouvement machinal, soit par esprit d'imitation. Cependant un d'eux, à ce que j'ai su depuis, saisit le bras du voleur qui se disposait à me frapper une seconde fois de son coutelas, et qui sans cela eût vraisemblablement mis fin à ma faible existence. J'entendis ces mots : « assez, assez donc. Que diable, » Gines, c'est être aussi trop mauvais!...» — « Pourquoi cela, reprit une seconde » voix? il va languir ici dans le bois et » mourir à petit feu; c'est une charité

» que de l'achever pour l'empêcher de » souffrir... » On s'imagine bien que je n'entendais pas cette espèce de débat sans intérêt ; je fis un effort pour parler ; mais la voix me manqua. J'étendis la main d'un air suppliant. « Vous ne le frap- » perez pas, pardieu, dit une des voix : » A quoi bon être des assassins ? . . . » Enfin, le parti de la clémence l'emporta. Ils se contentèrent donc de me dépouiller de mon habit et de ma veste, et puis de me rouler dans un fossé à sec qui était près de-là. Ensuite, ils me laissèrent, sans s'occuper le moins du monde de la malheureuse situation où j'étais, ni de l'abondance de sang qui coulait de ma blessure.

CHAPITRE II.

DANS cet état déplorable, quoique réduit à une extrême faiblesse, je ne perdis pas connaissance. Je déchirai ma chemise pour m'en faire un bandage et je réussis assez bien à arrêter le sang. Je tâchai ensuite de me traîner jusques au haut du fossé. A peine y étais-je parvenu, qu'avec autant de joie que de surprise j'aperçus venir un homme assez près de moi. J'appelai à mon aide du mieux qu'il me fut possible. L'inconnu s'approcha avec des signes de compassion non équivoque, et en vérité rien n'était plus propre à la faire naître que le spectacle que j'offrais en ce moment. J'avais la tête nue, et les cheveux mêlés et épars, avec des caillots de sang qui pendaient aux extrémités; ma chemise entortillée autour de mon cou et de mon épaule était toute rougie par le torrent sorti de ma plaie ; enfin, mon corps absolument nud jusqu'à la ceinture était défiguré par de larges bandes de sang ; et le seul vêtement que les brigands m'eussent laissé, en était aussi tout couvert.

— « Hé ! pour Dieu, mon pauvre » ami, » me dit l'inconnu du ton le plus affectueux qu'il soit possible d'imaginer, « qui vous a mis dans cet état » là ? » et en disant ceci, il me releva et me plaça sur mes pieds. « Pouvez-vous » bien vous soutenir ? ajouta-t'il d'un » air de doute. » — « Oh, oui, très- » bien, » repliquai-je. Sur cette réponse, il me laissa pour ôter son habit dans le dessein de me garantir du froid. Mais j'avais trop compté sur mes forces et je ne fus pas plutôt laissé à moi-même, que je faiblis et tombai presque tout de mon long par terre. Je me retins cependant un peu, en étendant le bras qui n'était pas malade, et je me remis sur mes genoux. Mon bienfaiteur alors me couvrit, me releva tout-à-fait, et en me disant de m'appuyer sur lui, m'annonça qu'il allait me conduire dans un endroit où on aurait soin de moi. C'est une vertu capricieuse que le courage ; le mien semblait inépuisable quand je n'avais que moi seul sur qui je pusse compter ; mais à peine eus-je trouvé dans un autre ces sentimens de compassion auxquels j'étais bien loin de m'attendre en ce moment, que tout-à-coup ma résolution parut m'abandonner, et je me sentis prêt à tomber en défaillance. Mon charitable conducteur s'en aperçut, et il se mit à m'encourager de temps en temps d'une manière si aimable, si pleine à la fois de bonté et d'enjouement, si éloignée en même temps de la dureté et de la faiblesse, qu'en vérité je crus marcher sous la conduite d'un ange plutôt que d'un homme. Il me fut aisé de voir qu'il n'y avait rien dans ses façons qui se ressentît de la rudesse campagnarde, et qu'elles annonçaient un homme habitué à une politesse ouverte et affectueuse.

Nous marchâmes environ trois quarts de mille dans le bois, non pas du côté qui conduisait à la campagne découverte; mais au contraire en nous enfonçant toujours dans la partie la plus épaisse et la moins fréquentée. Nous traversâmes un endroit qui avait autrefois formé un large fossé, et qui était maintenant sec en grande partie, contenant seulement par places un peu d'eau bourbeuse et stagnante. Dans l'enceinte de ce fossé, je n'aperçus autre chose qu'un amas de ruines et quelques vieilles murailles qui semblaient prêtes à s'écrouler. Mais mon conducteur me fit passer sous une espèce de voûte, et ensuite par une allée tortueuse totalement obscure, au bout de laquelle nous nous arrêtâmes.

Il y avait là une porte qu'il ne m'était pas possible d'apercevoir, et à laquelle frappa mon conducteur. Une voix qui, par la force et le volume aurait pû passer pour une voix d'homme, mais qui, par le son aigre et aigu de la finale, avait quelque chose de féminin, demanda : *Qui est là?* et sur la réponse qui fut faite de notre côté, j'entendis aussitôt tirer deux verroux; puis, après plusieurs tours de clef, la porte s'ouvrit et nous entrâmes. L'intérieur du logement ne répondait guères à l'apparence de mon protecteur, au contraire on y remarquait un air de dénuement, de négligence et de malpropreté. La seule personne que j'y vis était une femme un peu sur l'âge, dont l'extérieur avait je ne sais quoi d'extraordinaire et de repoussant. Elle avait les yeux d'un rouge couleur de sang; une chevelure mal tressée et toute en désordre lui pendait sur les épaules; son teint était basané et sa peau sèche comme du parchemin; malgré sa maigreur, son corps semblait très-robuste, et ses bras surtout, singulièrement quarrés et nerveux. Rien de doux ni d'humain ne tempérait la rudesse de ses traits ; son sang paraissait continuellement allumé par une férocité sauvage, toute sa figure respirait la haine et la méchanceté, et on y lisait un besoin insatiable de mal faire. Cette infernale Thalestris n'eut pas plutôt jeté les yeux sur nous, qu'elle s'écria d'une voix chagrine et discordante : « Que nous amenez-vous donc là ? ce » n'est pas là un de nos gens. » Sans répondre à son apostrophe, mon conducteur lui ordonna de pousser un mauvais fauteuil qui était dans un coin de la chambre et de le placer devant le feu. Elle obéit avec répugnance et en murmurant : « Ah ! ah ! voilà de vos tours ! » Je voudrais bien savoir si des gens » comme nous ont des charités à faire ! » ce sera notre perte à tous, vous le ver- » rez.... » — « Retenez votre maudite » langue, lui dit-il, d'un ton sévère, » et allez vous en chercher une de mes » meilleures chemises, une veste et quel- » ques linges. » En disant cela, il lui remit

mit un petit trousseau de clefs. Il se mit ensuite à me soigner avec toute la tendresse d'un père; il examina ma blessure, la nettoya, et y mit un appareil, dans le même temps que par son ordre exprès, la vieille me préparait les alimens qu'il avait jugés les plus convenables à mon état de faiblesse et de langueur.

Ces opérations ne furent pas plutôt achevées, que mon bienfaiteur me recommanda d'aller me reposer; et on était à faire tous les préparatifs nécessaires à cet effet, quand nous entendîmes tout-à-coup la marche de plusieurs personnes en dehors, et, l'instant d'après, un coup frappé à la porte. La vieille ouvrit avec les mêmes précautions qu'à notre arrivée, et à l'instant, six ou sept hommes entrèrent tumultueusement dans la chambre. Ils formaient un groupe assez bisarre, les uns étant mis comme de simples paysans, les autres comme des bourgeois de campagne mal vêtus; mais tous avaient un air de désordre, d'audace et de turbulence, tel que je n'en avais jamais rencontré sur tant de figures à-la-fois. Mais ce qui redoubla ma surprise, c'est qu'au second coup-dœil je trouvai dans la mine de plusieurs d'entre eux, et sur-tout d'un en particulier, quelque chose qui me fit croire que c'était là la bande de brigands auxquels je venais d'échapper, et que celui dont l'air m'avait le plus frappé était ce même adversaire dont l'animosité avait failli de si peu à m'arracher la vie. Aussitôt il me vint à l'idée qu'ils étaient entrés dans notre retraite avec des intentions hostiles, que mon bienfaiteur était sur le point d'être volé et moi probablement massacré.

Toutefois ce soupçon fut bientôt dissipé. Ils saluèrent mon conducteur d'un air respectueux en l'appelant leur capitaine. Ils étaient en général très-emportés et très-bruyans dans leurs propos qui étaient entremêlés de juremens et d'exclamations continuelles; mais une certaine déférence pour son opinion et son autorité, tempérait un peu leur fougue. Je crus remarquer dans celui qui m'avait attaqué avec tant d'acharnement un air d'embarras et d'irrésolution aussitôt qu'il m'eût aperçu; mais il chercha à secouer ce premier mouvement avec une sorte d'effort, en s'écriant: « Qui diable est donc celui-ci? » Il y avait dans le ton de cette apostrophe quelque chose qui éveilla l'attention de mon protecteur. Il lança à celui qui venait de parler, un regard fixe et pénétrant: « Et » vous, Gines, lui dit-il ensuite, le con- » naissez-vous? ne l'avez-vous jamais » rencontré nulle part? .... Le diable » t'emporte, Gines! interrompit un troi- » sième, tu joues diablement de guignon. » Il y en a qui disent que les morts re- » viennent; tu vois bien qu'il y a quel- » que vérité à cela.... » — « Trève de » mauvaise plaisanterie, Jeckels, reprit » mon protecteur, il n'y a pas là de quoi » rire. Gines, répondez-moi; est-ce vous

» qui êtes cause que ce jeune homme a » été laissé ce matin dans le bois, dé- » pouillé et blessé ? »

« — Hé bien! quand cela serait, voyons. »

« — Quelle raison a pu vous porter à » agir envers lui d'une manière aussi » cruelle ? »

« — Une assez bonne raison, pardieu! » il n'avait pas d'argent. »

« — Comment! vous l'avez ainsi mal- » traité, sans avoir été seulement provo- » qué de sa part, par la moindre résis- » tance! »

« — Si fait, il a résisté. Je n'ai fait que » le pousser un peu, et il a eu l'impu- » dence de me frapper. »

« — Gines, vous êtes un incorrigible » drôle. »

— « Bah! que signifie ce que je suis? » Vous, avec votre compassion et vos » beaux sentimens vous nous mènerez » tous, à la potence. »

— « Je n'ai rien à vous dire. Je n'es- » père rien de vous. Camarades, c'est

» à vous à prononcer sur la conduite » de cet homme, comme vous le ju- » gerez à propos. Vous savez combien » de fois il est retombé en faute ; vous » connaissez toutes les peines que je me » suis données pour le corriger. Ce qui » nous dirige dans notre profession, » c'est la justice. (tant la prévention a l'art de revêtir des plus belles couleurs la plus mauvaise cause du monde, quand une fois on a pris le parti de la suivre.) « Nous autres voleurs non- » patentés, sommes en guerre ouverte » avec une autre classe d'hommes qui » volent suivant la loi. Avec une telle » cause à soutenir, voudrions-nous la » souiller par des actes de cruauté, de » vengeance et de méchanceté ?... Par » suite de nos principes, un voleur est » un homme qui vit au milieu de ses » égaux ; ainsi je ne prétends pas m'ar- » roger d'autorité sur vous ; faites comme » vous le croirez convenable ; mais, » quant à ce qui me concerne person-

» nellement, je vote pour que Gines
» soit chassé d'entre nous, comme un
» homme qui déshonore la société. »

Cette proposition réunit, à ce qu'il parut, l'assentiment général. Il était aisé de s'apercevoir que l'opinion de tous les autres était la même que celle du chef, quoique cependant quelques-uns fussent en suspens sur le parti qu'il y avait à prendre. En même-temps, Gines se mit à murmurer quelques mots d'insolence et de mécontentement, dont le sens était qu'on eût à prendre garde de le fâcher. A cette espèce de menace, le courroux de mon protecteur s'alluma; le dédain et l'indignation étincelèrent dans ses yeux.

« Misérable ! dit-il, je crois que vous
» nous menacez ! Vous imaginez-vous
» que nous serons vos esclaves ? Non;
» non, je vous mets à pis faire. Allez,
» allez nous dénoncer au premier juge-
» de-paix; je vous en crois assez ca-
» pable. Monsieur, quand nous sommes

» entrés dans cette troupe, nous n'avons
» pas été assez sots pour ne pas voir que
» nous nous jetions dans une carrière
» semée de dangers. Un de ces dangers
» consiste à avoir avec soi des traîtres
» comme vous. Mais nous ne sommes
» pas venus jusques ici pour reculer
» devant personne. Croyez-vous que
» nous consentirons à vivre dans une
» crainte continuelle de vous, à trem-
» bler de vos menaces et à marchander,
» avec votre insolence, toutes les fois
» qu'il vous plaira ? Ce serait-là une
» belle vie à mener, en vérité ! J'aime-
» rais cent fois mieux me faire tenail-
» ler et brûler à petit feu. Allez, Mon-
» sieur, je vous défie de faire ce que
» vous dites! Vous n'oseriez ! vous n'i-
» riez pas sacrifier tant de braves gens
» à votre folle rage et vous afficher de-
» vant tout le monde pour un traître et
» un infâme ! Si vous le faites, c'est
» vous que vous punirez et non pas
» nous. Allez-vous-en ! »

L'intrépidité du chef se communiqua au reste de l'assemblée. Gines vit bien qu'il n'y avait pas d'espoir pour lui de les ramener à un autre avis. Après une pause d'un moment, « Je n'imaginais » pas, dit-il... non, le diable m'em- » porte, allez, je ne ferai pas le pied de » veau, non plus. J'ai toujours été franc » dans mes principes, et un bon ca- » marade envers vous tous. Mais puis- » que vous êtes décidés à me renvoyer, » hé bien... bon soir! »

L'expulsion de cet homme produisit un excellent effet sur la troupe. Ceux qui avaient déjà du penchant à l'humanité, s'attachèrent plus fortement à leurs principes, à mesure qu'ils virent les bons sentimens prendre le dessus. Jusques-là ils s'étaient laissés dominer par la fougue et l'insolence du parti contraire; mais dès-lors ils adoptèrent une conduite toute différente, et avec succès. Ceux qui étaient jaloux de l'ascendant que leur camarade avait usurpé sur eux, et qui pour cela avaient imité ses façons d'agir, commencèrent à pencher vers une réforme. On vint à rapporter des histoires de la cruauté et de la brutalité de Gines, envers des hommes et des animaux, dont aucune n'était encore venue aux oreilles du chef. Je ne les répéterai pas; car elles ne pourraient exciter que de l'horreur et du dégoût, et il y en avait qui annonçaient une telle dépravation de cœur que beaucoup de lecteurs refuseraient de les croire. Et cependant cet homme avait aussi ses vertus. Il était entreprenant, plein de persévérance et de fidélité.

Son éloignement fut un événement fort heureux pour moi. Ce n'aurait pas été un petit inconvénient que d'être renvoyé sur-le-champ de cette maison, dans la position critique où je me trouvais, avec encore, pour surcroît de maux, la blessure que j'avais reçue; et pourtant je n'aurais guères pu risquer de demeurer sous le même toit avec un homme sur qui ma figure faisait l'effet d'une conscience coupable, en lui remettant à tout instant sous les yeux son propre crime et la sévère réprimande de son chef. Sa profession l'avait habitué, jusqu'à un certain point, à suivre sans réserve la fougue de ses passions, et à en voir les suites avec indifférence ; et il aurait pu trouver fort aisément une occasion favorable pour m'insulter ou me frapper, lorsque je n'aurais eu pour me défendre que mes forces presque anéanties.

Ce danger ainsi écarté, ma situation me paraissait assez satisfaisante pour les circonstances dans lesquelles je me trouvais. Du côté du secret, elle m'offrait des avantages tels que jamais mon imagination, dans ses plus beaux rêves, n'aurait pu se les figurer, et d'ailleurs elle n'était pas dépourvue des ressources que puise un infortuné dans l'affection et l'humanité de ses semblables. Rien ne se ressemblait moins que les voleurs que j'avais vus dans la prison de *** et les voleurs de ma nouvelle demeure. Ceux-ci étaient en général pleins de gaîté et de bonne humeur. Ils pouvaient donner la plus libre carrière à leurs idées; ils pouvaient former des projets et les mettre à exécution. Ils ne prenaient conseil que de leurs penchans. Ils ne s'étaient pas imposé cette pénible tâche à laquelle on n'est que trop assujetti dans la société des hommes, de paraître donner une approbation tacite aux choses qui vous font le plus souffrir; ou ce qui est encore pire, de se persuader que tous les torts que vous avez à endurer sont légitimes; ils faisaient franchement et ouvertement la guerre à leurs oppresseurs. Au contraire, les criminels que j'avais vus en prison étaient renfermés comme des bêtes féroces dans leur loge, privés de tout moyen d'activité et engourdis par une vie indolente. Si dans la fougue de leurs mouvemens on découvrait encore de temps en temps les traces de leurs anciennes habitudes, c'était plutôt les écarts convulsifs d'une imagination tourmentée, que l'énergie raisonnée d'une ame vigoureuse. Il n'y avait plus pour eux d'espérances à former, plus de projets à concerter, plus de ces rêves brillans qui animent la vie; la plus triste perspective était placée devant eux, et il leur était interdit d'en détourner la vue un seul instant. Il est vrai que ce sont les deux faces d'un même tableau ; que l'une est la consommation, la suite inévitable et sans cesse imminente de la première. Mais celle-là ne frappait nullement l'attention de mes nouveaux hôtes, et à cet égard ils paraissaient mettre tout-à-fait de côté la raison et les réflexions.

Sous certains rapports, comme je l'ai dit, je pouvais me féliciter de ma demeure actuelle ; elle répondait parfaitement au besoin que j'avais d'être caché à tous les yeux. C'était le séjour de la bonne humeur et de la joie; mais cette sorte de joie n'était pas à l'unisson de mon cœur et n'excitait jamais la mienne. Les personnes qui composaient ce cercle avaient secoué totalement le joug des principes établis parmi les hommes ; leur métier était d'inspirer la terreur, et l'objet constant de leurs soins était d'éluder la vigilance de la société. Toutes ces circonstances influaient visiblement sur leur caractère. Je trouvais en eux de l'affection et de la bienveillance; ils étaient susceptibles au dernier point des émotions généreuses. Mais comme leur situation était précaire, on remarquait aussi la même mobilité dans la disposition de leur ame. Poursuivis sans cesse par l'animosité générale, ils étaient naturellement très-irritables et très-colères. Accoutumés à user de traitemens rigoureux envers les victimes de leurs déprédations, il arrivait souvent que leur brutalité ne se renfermait pas dans l'exercice de leur profession. Ils avaient contracté l'habitude de voir dans les bâtons, les sabres et les poignards le moyen de surmonter toute espèce de difficulté. Affranchis de cette routine de choses humaines qui abâtardit les ames, ils déployaient souvent une énergie à laquelle un observateur impartial n'aurait pu refuser son admiration. L'énergie est peut-être la plus précieuse des qualités de l'homme, et celle qui se trouve ainsi placée serait sans doute mise à profit par un bon systême politique qui saurait en extraire les vertus bienfaisantes au lieu de la dévouer, comme on fait, à une destruction absolue. Nous agissons comme un chimiste qui rebuterait le métal le plus fin et ne voudrait mettre en œuvre que celui qui serait déjà assez altéré sour servir immédiatement aux usages les plus vils. Mais, l'énergie de ces hommes ne se montrait à mes yeux qu'avec tous les vices de l'objet auquel elle était appliquée, dépourvue du secours des lumières et guidée uniquement par des vues basses et étroites.

Le séjour que je viens de décrire paraîtrait à beaucoup de personnes accompagné de mille inconvéniens intolérables. Mais, outre l'avantage qu'il avait d'offrir un champ vaste à la spéculation, c'était l'Elisée, en comparaison de celui dont je venais de m'échapper. Les désagrémens d'une mauvaise compagnie, l'incommodité du logement, la malpropreté, le tapage, tous ces inconvéniens avaient perdu ce qui me causait le plus de dégoût et d'aversion, du moment où je ne me sentais plus obligé de rester au milieu d'eux. Il n'y avait pas de peine que je ne pûsse endurer avec patience, quand je la comparais avec celle de se voir menacé à toute heure d'une mort violente et prématurée. Il n'y avait pas de souffrance qui me parût mériter d'être comptée pour quelque chose, dès qu'elle n'était pas infligée par la tyrannie, par la main froidement barbare d'une lâche prévoyance, ou par une vengeance lente et sourde dans ses effets.

Ma santé se rétablissait de jour en jour. Les attentions et les complaisances de mon protecteur étaient continuelles, et son exemple avait inspiré les mêmes dispositions au reste de la troupe. Il n'y avait que la vieille gouvernante qui conservait toujours son animosité contre moi. Elle me regardait comme la cause de l'expulsion de Gines. Gines avait toujours été l'objet particulier de sa préférence ; et, dans le zèle dont elle était animée pour les intérêts de la société, elle trouvait qu'un écolier tout-à-fait novice à la place d'un vieux coquin bien expérimenté, était un fort mauvais échange. Ajoutez à cela, que naturellement elle était bilieuse et chagrine, et que les personnes de ce tempérament ne sauraient exister sans avoir sous la main quelqu'objet sur lequel elles déchargent la mauvaise humeur qui les tourmente. Elle ne perdait pas une seule occasion de montrer, jusques dans les plus petites choses, la haine qu'elle me portait, et à tout moment elle me lançait des regards furibonds, qui m'auraient exterminé si elle en eût eu la force. On voyait combien elle était désolée de ne pas donner pleine carrière à sa malice, et combien elle souffrait de ce que la rage qui la possédait était réduite à des boutades et à des grimaces, et ne pouvait se déployer sous un aspect plus formidable. Quant à moi, qui avais été accoutumé à faire face à des adversaires plus terribles et à affronter d'autres dangers, toutes ses marques de fureur n'étaient pas capables de troubler ma tranquillité.

Quand je me sentis mieux, je mis mon protecteur au fait de mon histoire, excepté de ce qui avait rapport à la découverte du fatal secret de M. Falkland. C'était une chose que je ne pouvais pas prendre sur moi de dévoiler, même dans une situation telle que celle-ci où il n'y avait pas, à ce qu'il semble, la moindre probabilité qu'on pût en faire usage contre mon persécuteur. Néanmoins, celui à qui je faisais cette ouverture, de qui la façon de penser était tout l'opposé de celle de M. Forester, ne prit pas ma réserve en mauvaise part, et ne tira aucune conséquence fâcheuse contre moi de l'obscurité que ce silence jetait sur le reste de mon récit. Il avait trop de pénétration pour qu'un imposteur pût se flatter de lui en faire accroire, et il se fiait aussi sur cette pénétration. D'après cela, il n'est pas étonnant que mes manières franches et ouvertes aient porté la conviction dans son esprit, et que ma confidence n'ait fait qu'ajouter à la bonne opinion et à l'amitié que je lui avais déjà inspirées.

Il écouta mon histoire avec beaucoup d'intérêt, et il se mit à en commenter les différentes parties à mesure que je les lui rapportais. Il me dit que ce n'était là qu'un nouvel exemple des manœuvres perfides et tyranniques employées par les membres riches et puissans de la société contre ceux qui n'ont pas les mêmes privilèges. Rien n'était plus évident que leur disposition à sacrifier tout le reste de l'espèce humaine à leur plus petit intérêt ou au caprice le plus bisarre. Quel était celui qui, voyant dans leur véritable jour la position des choses, voudrait attendre l'instant où il plairait à ses oppresseurs de résoudre sa ruine totale, plutôt que de prendre les armes pour sa propre défense, quand il en était encore temps? Quel était le plus méritoire, de la basse et rampante soumission d'un esclave, ou de la généreuse résolution d'un homme qui entreprenait de venger ses droits? Puisque l'administration partiale de nos lois réduisait l'innocence au niveau du crime, quand une fois le puissant était armé contre elle, quel homme d'un vrai courage pourrait balancer à lever l'étendard contre de telles lois? et s'il faut souffrir de leur injustice, ne voudrait pas au moins faire connaître auparavant qu'il foule aux pieds leur joug arbitraire? Quant à lui, ajoutait-il, il n'aurait certainement jamais embrassé sa profession actuelle, s'il n'y eût pas été forcé par des motifs aussi irrésistibles; et il espérait bien, puisque l'expérience m'avait fourni la même conviction d'une manière si frappante, qu'il aurait un jour le bonheur de m'avoir pour associé dans ses entreprises. . . . . . On verra jusqu'à quel point l'événement a confirmé ses espérances.

Les précautions que prenait la troupe pour éluder la vigilance des satellites de la justice, étaient sans nombre. C'était une de leurs règles de ne commettre de brigandages qu'à une distance considérable du lieu de leur résidence; et Gines avait transgressé cette règle dans l'attaque qui m'avait valu mon asile. Quand ils s'étaient emparés de quelque butin, ils avaient soin, à la vue des personnes volées, de suivre une route opposée, autant que possible, à celle qui conduisait à leur véritable gîte. Le lieu de leur retraite ainsi que tous ses environs avait l'air d'un pays perdu et abandonné, et il avait la réputation d'être fréquenté par des esprits. La vieille dont j'ai fait le portrait, y habitait depuis très-long-temps, et était censée y demeurer seule; sa personne répondait à merveille aux idées qu'on se fait d'une sorcière dans les campagnes. Ses hôtes n'entraient, ni ne sortaient qu'avec la plus grande circonspection et en général que de nuit. Les lumières qu'on découvrait de temps en temps dans les différentes parties de cette habitation étaient regardées avec effroi par les paysans des environs, comme des feux surnaturels; et si quelquefois le tintamarre d'une orgie venait à frapper leurs oreilles, ils ne doutaient pas que ce ne fût le bruit du sabat. Malgré tous ces avantages, nos voleurs ne se hasardaient à y séjourner que par intervalle; quelquefois ils s'absentaient pendant des mois entiers, et allaient demeurer dans quelqu'autre coin du pays. Tantôt la vieille les accompagnait dans ces émigrations, tantôt elle restait; mais dans tous les cas, son déplacement avait lieu ou plus tôt, ou plus tard que le leur : de manière que l'observateur le plus subtil aurait à peine pu remarquer aucune liaison entre les époques de son retour, et le renouvellement des bruits de vols dans le pays. Quant aux fêtes infernales, les paysans s'imaginaient qu'elles avaient lieu indifféremment en l'absence comme en présence de la magicienne; et leur imagination frappée s'accommodait aisément à toutes les circonstances.

CHAPITRE III.

J'ÉTAIS dans cette situation, lorsqu'un jour il se passa, dans notre demeure, une scène qui attira malgré moi mon attention. Deux de nos gens avaient été envoyés à une ville à quelque distance de là, pour se procurer différentes choses dont nous avions besoin. Après avoir remis leurs achats entre les mains de notre gouvernante, ils se retirèrent dans un coin de la chambre, et l'un d'eux tirant de sa poche un papier imprimé, ils se mirent ensemble à examiner ce qu'il portait. J'étais dans le fauteuil à côté du feu, beaucoup mieux que je ne m'étais encore senti, quoique pourtant encore faible et languissant. Après qu'ils eurent lu entr'eux pendant un temps assez considérable, ils portèrent les yeux sur moi, et puis sur le papier, ensuite encore sur moi. L'instant d'après, ils sortirent ensemble de la chambre comme pour se consulter, sans interruption, sur quelque chose que ce papier leur suggérait. Ils rentrèrent au bout de quelque temps, et mon protecteur, qui montait alors l'escalier, parut au même moment dans la chambre.

« Capitaine, dit un d'eux, avec un » air joyeux, voyez-vous ceci? Nous » avons fait une bonne trouvaille. Je » crois, ma foi, que cela vaut un billet » de banque de cent guinées. »

M. Raymond (c'était ainsi qu'il se nommait) prit le papier et le lut. Il resta une minute sans rien dire. Ensuite il le froissa dans sa main, et se retournant vers celui qui le lui avait donné, il lui dit avec le ton d'un homme bien persuadé de la vérité de ce qu'il va dire :

« Quel besoin avez-vous de ces cent » guinées? Manquez-vous de quelque » chose? Etes-vous dans la misère?

» Voudriez-vous

» Voudriez-vous consentir à les acheter » par une trahison ? A violer pour cela » les lois de l'hospitalité ? »

« Ma foi, capitaine, je ne sais trop » que vous dire. J'ai violé tant d'autres » lois, que je ne vois pas pourquoi j'au- » rais tant de respect pour un vieux » rébus. Nous, qui prétendons n'avoir » d'autres juges que nous-mêmes, ce » n'est pas un méchant dicton qui doit » nous faire peur. Et puis, au bout » du compte, c'est une bonne œuvre, » et je ne me ferais pas plus de cons- » cience de faire pendre un voleur » comme celui-là que d'avaler un verre » de vin. »

— « Un voleur ! Et vous parlez de » voleurs ! . . . »

— « Un moment, s'il vous plaît. » N'allons pas si vîte. A Dieu ne plaise » que je dise rien contre la profession » en général. Mais un homme vole d'une » façon, un autre d'un autre. Pour moi, » je vas sur le grand chemin, et ce que

» je prends à un étranger que j'y ren-
» contre, il y a cent contre un à parier
» qu'il peut aisément s'en passer. Je ne
» vois pas qu'il y ait le plus petit mal
» à cela. Mais j'ai, pardieu, de la cons-
» cience tout comme un autre. Parce
» que je me moque des assises et des
» grandes perruques et de la potence,
» et parce que je ne recule pas devant
» une action innocente, quand les gens
» de loi disent qu'elle ne l'est pas, s'en-
» suit-il de tout cela que je doive avoir
» des entrailles de frère pour un tas de
» larronneaux et de coquins de do-
» mestiques, pour de la canaille qui
» n'a ni justice ni principes? Oh! que
» non; je considère trop la profession
» pour n'être pas l'ennemi de tous ces
» maraudeurs-là, et je les déteste encore
» plus parce que le monde s'avise de
» leur donner un nom que je me fais
» honneur de porter.»

— « Vous avez tort, Larkins. En sup-
» posant votre haine bien fondée, vous

» ne devez jamais employer contre les
» gens que vous haïssez le ministère de
» la loi à laquelle votre métier est de
» faire la guerre. Soyez conséquent.
» Choisissez d'être son partisan ou son
» adversaire. Comptez bien sur une cho-
» se, c'est que par-tout où il existe des
» lois, il y en a de faites contre les gens
» comme vous et moi. Ainsi, ou nous
» méritons tous tant que nous sommes
» la vengeance de la loi, ou bien, la
» loi n'est pas l'instrument convenable
» pour corriger les méfaits des hommes.
» Je vous dis cela, parce qu'il faut que
» vous sachiez bien qu'un délateur, un
» témoin pour le roi, un homme qui
» tire avantage d'un autre pour le tra-
» hir, qui vend la vie de son voisin
» pour de l'argent, un poltron qui va,
» pour quoi que ce soit, recourir à la
» loi, afin qu'elle fasse pour lui ce qu'il
» n'ose faire par lui-même, est le dernier
» des coquins et des misérables. Mais,
» dans la circonstance actuelle, vos rai-

» sons seraient les meilleures du monde, qu'on ne pourrait pas les appliquer ici. »

Pendant que M. Raymond parlait, le reste de la troupe entra dans la chambre. Aussitôt il se tourna vers eux en disant :

« Mes amis, voici un avis que Larkins vient d'apporter, et dont, avec sa permission, je vais vous donner connaissance. »

Ensuite tirant le papier de sa poche, il continua : « Cet avis contient la description d'un accusé pour crime, avec une offre de cent guinées pour celui qui le livrera à la justice. Larkins a trouvé cet avis à . . . D'après l'époque et les autres circonstances, mais surtout d'après le signalement de la personne, il n'y a pas à douter que cela ne regarde notre jeune ami, à qui, il y a peu de temps, j'ai eu le bonheur de sauver la vie. Il est accusé ici d'avoir abusé de la confiance de

» son maître et bienfaiteur, pour lui » voler des effets d'une valeur considé- » rable. Sur cette accusation, il a été » renfermé dans la prison du comté » d'où il s'est échappé, il y a environ » une quinzaine, sans attendre l'évé- » nement de son procès, circonstance » qui est représentée, par l'auteur de » l'avis, comme équivalente à un aveu » du crime. »

« Mes amis, je suis au fait des dé- » tails de cette affaire, depuis quelque » temps. Ce jeune homme m'a raconté » son histoire à une époque où il ne » pouvait certainement pas prévoir que » cette précaution fût nécessaire pour » sa sûreté. Il n'est nullement coupable » des choses qu'on lui impute. Qui de » vous serait assez ignorant pour voir » dans sa fuite une confirmation des » charges portées contre lui? Qui s'est » jamais avisé de croire que lorsqu'on » est amené devant un tribunal pour » y être jugé, il peut servir à quelque

» chose d'être innocent ou coupable ?
» Qui serait assez sot pour se soumettre
» volontairement à une pareille épreuve,
» quand ceux qui sont préposés pour
» décider, s'occupent plutôt de l'énor-
» mité des délits imputés à l'accusé que
» de la question de savoir s'il en est l'au-
» teur; et quand la nature de nos motifs
» est établie d'après les dépositions de
» quelques témoins ignorans, au rap-
» port desquels un homme sensé ne vou-
» drait pas se fier pour l'action la plus
» indifférente de sa vie ?

« L'aventure de ce pauvre garçon est
» fort longue, et je ne vous ennuierai
» pas de ce récit dans ce moment-ci.
» Tout ce que je puis vous dire, c'est
» qu'il en résulte, plus clair que le jour,
» que pour avoir voulu porter peut-
» être un œil trop curieux sur les af-
» faires personnelles de son maître, et
» pour avoir eu de lui en confidence,
» comme je le soupçonne, quelque se-
» cret important, ce maître a conçu

» une antipathie furieuse contre lui.
» Cette antipathie s'est augmentée successivement jusqu'au point d'induire cet homme à forger contre celui-ci cette infâme accusation. Il paraît déterminé à faire pendre ce jeune homme, sans la moindre pitié, plutôt que de le laisser s'en aller où il voudra, ou même de souffrir qu'il soit hors de son pouvoir. Williams m'a exposé le fait avec tant de candeur, que je le maintiens aussi innocent que moi-même du crime dont on l'accuse.
» Néanmoins les domestiques de cet homme, qui ont été appelés pour assister à l'information, et un parent de ce même homme, qui, en qualité de juge-de-paix, a donné le décret, et qui a eu la sottise de croire qu'il serait impartial dans cette cause, se sont rangés tous, d'une voix, du parti de l'accusateur, et ont par-là donné à Williams un échantillon de la belle

» justice qu'il avait à espérer par la » suite. »

« Larkins qui ne savait pas le pre- » mier mot de tous ces détails, quand » le papier lui est tombé entre les mains, » avait envie d'en profiter pour gagner » les cent guinées. Est-ce là votre avis, » à vous qui avez maintenant tout en- » tendu ? Pour l'appât d'une misérable » somme d'argent, voudriez-vous jeter » l'agneau dans la gueule du loup ? » Voudriez-vous vous rendre complices » des projets barbares de ce vil scélérat, » qui, après avoir chassé de chez lui » son ancien protégé, l'avoir laissé sans » feu, ni lieu, lui avoir ôté l'honneur, » et presque tous les moyens de subsis- » ter, enfin l'avoir mis presque hors » d'état de trouver un refuge dans le » monde, est encore altéré de son sang ? » Si personne n'a le courage de mettre » un frein à la tyrannie des cours de » justice, n'est-ce pas à nous à le faire ?

» Nous, qui ne subsistons que des fruits » de nos généreuses entreprises, vou- » drions-nous devoir un sou à la bassesse » et à l'infamie d'une délation ? Nous, » contre qui toute la société est en » armes, refuserons-nous notre protec- » tion à un individu plus exposé encore » à sa persécution que nous-mêmes, » quoiqu'il l'ait pourtant moins mé- » ritée ? »

La harangue du capitaine fit aussitôt son effet sur toute l'assemblée. « Le » trahir ! » s'écrièrent-ils tous à-la-fois ! « Non, non, pour tous les trésors du » monde. Qu'il ne craigne rien. Nous » le défendrons au péril de notre vie. » Où l'honneur et la fidélité trouve- » raient-ils asyle sur la surface de la » terre, s'ils étaient bannis de chez les » voleurs ? » Larkins en particulier remercia le capitaine de son entremise, et jura qu'il aimerait mieux perdre ses deux bras que de faire aucun mal à un aussi digne jeune homme, et de prêter son secours à une scélératesse aussi abominable. En disant cela, il me prit la main, en m'assurant que je n'avais rien à craindre, que tant que je serais sous leur toit, il ne m'arriverait jamais de mal; et que, quand même les limiers de la justice viendraient à découvrir ma retraite, ils se feraient tous tuer jusqu'au dernier, avant qu'on m'ôtât seulement un cheveu de la tête. Je le remerciai de tout mon cœur de sa bonne volonté; mais je fus sur-tout vivement touché du zèle et de la chaleur que mon bienfaiteur avait déployée pour moi. Je leur dis que je voyais bien que j'avais affaire à des ennemis inexorables, que mon sang seul pouvait appaiser; et je leur attestai avec l'accent de la vérité, que je n'avais rien fait qui méritât la persécution qu'on exerçait contre moi.

L'ardeur et l'énergie de M. Raymond, ne m'avaient rien laissé a faire pour repousser une alarme aussi peu prévue. Elle fit néanmoins une profonde impression sur mon esprit. Je m'étais toujours fié à quelque retour d'équité de la part de M. Falkland. Malgré toute l'âpreté de ses persécutions, je ne pouvais m'empêcher de croire qu'il les exerçait à contre-cœur, et je me persuadais qu'elles ne seraient pas éternelles. Un homme, dont les principes avaient été originairement si pleins d'honneur et de droiture, ne pouvait pas manquer, dans un moment ou dans l'autre, de réfléchir sur l'injustice de ses procédés, et de se relâcher de son animosité. Cette idée m'avait toujours été présente, et n'avait pas peu contribué à me donner de l'énergie. « Je veux, me disais-je, » convaincre mon persécuteur que je » vaux plus qu'il ne pense; il verra que » ce n'est pas un homme comme moi » qu'on sacrifie à une simple précau- » tion. » La conduite de M. Falkland, lorsqu'il fut question de m'emprisonner, et différentes autres particularités survenues depuis, m'avaient encouragé dans cette manière de penser.

Mais ce nouvel incident changeait bien la face des choses. Je voyais maintenant un homme, non content d'avoir détruit ma réputation, de m'avoir retenu long-temps dans un affreux cachot, et de me réduire à la condition d'un vagabond sans asyle, mais encore acharné à me poursuivre avec une barbarie sans relâche, dans une situation aussi déplorable. L'indignation et le ressentiment, semblaient en quelque sorte s'emparer pour la première fois de mon ame. J'avais été si bien à portée de voir l'état misérable dans lequel il était réduit; j'en connaissais si parfaitement la cause, et j'étais si fortement pénétré de l'idée qu'il ne méritait pas tous ces maux, que même, jusqu'à ce moment, au milieu des plus cruelles souffrances, j'avais conservé de la pitié plutôt que de la haine pour mon persécuteur. Mais ceci apporta quelque changement dans ma façon de sentir à son égard. « Certaine-» ment, me disais-je, il devrait bien » voir qu'il m'a suffisamment mis hors » d'état de lui nuire, et il serait bien » temps qu'il me laissât enfin respirer. » Ne devrait-il pas au moins se con-» tenter de m'abandonner à mon sort, » à la condition si précaire et si dan-» gereuse d'un criminel échappé des » fers, sans aller encore exciter davan-» tage contre moi l'animosité et la vi-» gilance publiques? Quoi donc, son » opposition en ma faveur aux mesures » rigoureuses de M. Forester, et ces dif-» férentes marques d'intérêt qu'il m'a » données depuis, ne serait-ce qu'un » jeu joué de sa part pour me tromper, » et m'endormir dans une perfide sé-» curité? Ne serait-ce pas, qu'il était » continuellement tourmenté par la » frayeur des terribles représailles qu'il » avait à redouter de moi? Ne serait-ce » pas pour cela, qu'il aurait feint de

» céder en apparence au remords, tan-
» dis qu'il disposait en secret ses arti-
» ficieuses batteries, pour mieux assurer
» ma perte? » Ce soupçon seul me pénétra d'une horreur inexprimable; un frisson subit fit tressaillir jusqu'à la dernière fibre de mon corps.

Cependant ma blessure était parfaitement guérie, et il devenait absolument nécessaire que je m'arrêtasse à quelque détermination pour l'avenir. Ma manière de penser me donnait une répugnance invincible pour le métier de mes hôtes. Je ne sentais pas à la vérité contre leurs personnes, cette aversion et cette horreur qu'elles inspirent communément. Je voyais et j'estimais leurs bonnes qualités et leurs vertus. Je n'etais nullement porté à les regarder comme une classe d'hommes plus méchante ou plus essentiellement ennemie du bien-être de l'humanité, que la généralité de ceux qui les accablent de plus de blâme et de mépris. Mais sans cesser de les aimer comme individus, avec cela je ne m'aveuglais pas sur leurs erreurs. Quand même j'eusse été d'ailleurs en danger de me laisser égarer par leur exemple, c'était un bonheur pour moi d'avoir pu contempler des voleurs dans la prison, avant de les avoir vus dans leur état de prospérité; et c'était-là un antidote infaillible contre le poison de leur société. Je voyais exercer dans cette profession, une énergie, une habileté, une force d'ame extraordinaire, et je ne pouvais m'empêcher de réfléchir avec quel avantage, tant d'admirables qualités pourraient se déployer sur le grand théâtre des affaires humaines; tandis que dans la direction qui leur était donnée, elles se trouvaient prostituées à des usages diamétralement opposés aux premiers intérêts de la société. En choisissant un tel genre de vie, ces hommes ne pèchent pas moins contre leur propre intérêt particulier que contre le bien général. Celui qui expose ou sacrifie sa vie pour la cause publique, en trouve la récompense dans le témoignage d'une conscience satisfaite ; mais ceux qui se dévouent follement à braver les précautions indispensables, quoique cruellement exagérées, que tout gouvernement est obligé de prendre pour le maintien des propriétés, en même-temps qu'ils jettent l'alarme et le trouble dans la société toute entière, montrent à l'égard de leur intérêt personnel, autant de folie et de mépris d'eux-mêmes, qu'un homme qui s'aviserait de se placer comme point de mire, devant une file d'arquebusiers.

Cette manière d'envisager la chose, me détermina non-seulement à ne pas m'associer pour mon propre compte à leurs entreprises, mais encore à faire tous mes efforts, par reconnaissance des services qu'ils m'avaient rendus, pour les détacher, s'il était possible, d'un genre de vie dont les plus grands maux retombaient sur eux-mêmes. Les remontrances que je leur fis à ce sujet, furent diversement reçues. Tous ceux à qui elles s'adressaient, étaient des gens qui avaient assez bien réussi à se persuader à eux-mêmes qu'ils exerçaient une profession innocente ; et s'il leur restait quelques doutes dans l'esprit à cet égard, ils étaient venus à bout de les étouffer, et, pour ainsi dire, de les oublier à force de soins. Quelques-uns d'eux rirent de mes argumens comme d'une vrai capucinade, et me traitèrent comme un espèce de Don Quichotte convertisseur. D'autres, et le capitaine en particulier, combattirent mes raisons avec toute l'assurance de gens qui croyent défendre la meilleure cause. Mais ils ne restèrent pas long-temps dans cette bonne opinion et dans cette confiance. Ils avaient été accoutumés à disputer contre des argumens tirés de la religion et du respect dû aux lois. Il y avait long-temps qu'ils avaient secoué de pareils motifs, comme autant de préjugés. Mais je traitais la matière sous un autre point de vue, et d'après des principes qu'ils ne pouvaient pas contester; ce n'était pas-là de ces reproches vagues et usés, dont le son frapperait nos oreilles pendant mille années, sans trouver dans notre cœur aucune fibre qui répondît à ses vibrations. Aussi se trouvant pressés par des objections inattendues et sans réplique, quelques-uns de mes auditeurs commencèrent à témoigner la mauvaise humeur et l'impatience que leur causait mon importune logique. Mais M. Raymond ne fut pas de ce nombre. Il était doué d'une candeur que je n'ai guères vu posséder à un tel dégré. Il fut surpris d'entendre des objections aussi puissantes contre une thèse qu'il croyait avoir, comme matière de spéculation, examinée de tous les côtés. Il les discuta avec beaucoup de soin et avec la plus grande impartialité. Il résista long-temps avant de les admettre; mais à la fin il les admit complettement. Il n'eut plus en réserve qu'un seul moyen de réplique.

« Hélas! Williams, me dit-il, il eût

» été bien heureux pour moi que ces
» vues m'eussent été présentées avant
» d'avoir embrassé la profession que
» j'exerce. Il est trop tard maintenant.
» Ces mêmes lois, dont l'iniquité évi-
» dente frappant ma raison, m'a poussé
» dans l'état où je suis, m'ont fermé au-
» jourd'hui toute possibilité de retour.
» Dieu, nous dit-on, juge les hommes
» sur ce qu'ils sont à l'époque du juge-
» ment; et, quels que puissent être leurs
» crimes, s'ils en ont reconnu l'erreur,
» et s'ils l'ont abjurée, il les reçoit en
» grace. Mais des pays qui professent
» le culte de ce même Dieu, n'admet-
» tent pas cette distinction dans leur
» code. Ils ne laissent pas de porte à
» l'amendement du coupable, et sem-
» blent prendre un plaisir barbare à con-
» fondre les démérites de ceux qu'ils
» ont à juger. Ils ne s'embarrassent
» pas de ce qu'est le caractère de l'indi-
» vidu, à l'heure où ils vont le juger.
» Quelque changé, quelque pur, quel-

» qu'utile qu'il puisse être, il n'y ga-
» gnera rien. Si après un laps de qua-
» torze ans (1), ou même de quarante (2),
» ils découvrent dans sa vie passée une
» action pour laquelle la loi a prononcé
» la peine de mort, vainement aura-t-il
» à leur démontrer que cet intervalle
» tout entier a été rempli par la con-
» duite la plus intacte et la plus méri-
» toire, par le dévouement le plus ab-
» solu à sa patrie, ils ne daigneront pas
» même entrer dans l'examen de ce fait.
» Que faire donc? Ne suis-je pas forcé
» de persister dans l'erreur, puisque j'ai
» une fois commencé? »

---

(1) Eugène Aram. *Voyez l'*Annual Register, année 1759.

(2) Williams André Horne. *Id.* même année.

CHAPITRE IV.

Je fus frappé de ce raisonnement ; je ne pus répondre autre chose à M. Raymond, sinon qu'il était mieux fait que personne pour bien juger de la conduite qu'il lui convenait de tenir ; mais que j'aimais à croire que la chose n'était pas aussi désespérée qu'il se l'imaginait. Nous ne poussâmes pas cette matière plus loin, et elle fut même en quelque sorte chassée de ma pensée par un incident d'une nature fort extraordinaire. J'ai déjà parlé de la rancune profonde que me gardait l'infernale portière de cette solitude. Gines, ce membre exclus de la société, avait été son favori particulier. Elle avait, à la vérité, souffert son expulsion, parce qu'elle sentait son génie dompté par l'énergie et l'ascendant supérieur de M. Raymond ; mais c'était en murmurant et avec la rage dans le cœur qu'elle s'était soumise à cet arrêt. N'osant pas diriger son ressentiment contre celui qui avait été le principal auteur de l'affaire, ce fut sur moi que se porta toute l'âcreté de sa bile. A l'offense impardonnable que j'avais ainsi commise dans cette première circonstance, se joignit la thèse que j'avais soutenue dernièrement contre la profession de voleur. Le respect dû à ce métier était un article fondamental du *credo* de cette professe surannée, et elle ne dissimulait pas plus la surprise et l'horreur que lui causaient mes objections, que ne l'eût fait une vieille d'un autre genre de confrairie devant laquelle on s'aviserait de disputer sur les agonies et la dissolution du créateur du monde, ou sur la robe sans tache qui est préparée pour envelopper les ames des élus. De même que les zélés sectaires, elle était très-disposée à employer les armes des vengeances mondaines contre ceux qui déclaraient la guerre à ses opinions. Au milieu de tout cela, je riais de sa malice impuissante comme d'un objet à mépriser plutôt qu'à craindre. Elle s'aperçut, à ce que j'imagine, du peu de cas que je faisais d'elle, et c'est ce qui ne laissa pas que de contribuer beaucoup à augmenter l'orage qui grossissait contre moi.

Un jour, on me laissa seul dans la maison sans autre compagnie que cette noire sibylle. Les voleurs étaient partis pour une expédition, environ deux heures après le soleil couché de la veille, et ils n'étaient pas rentrés, comme à leur ordinaire, le matin avant la pointe du jour. C'était une circonstance qui arrivait quelquefois, et qui ne donna lieu par conséquent à aucune inquiétude extraordinaire. Tantôt, les traces du gibier les conduisaient au-delà du terme qu'ils s'étaient prescrit; tantôt, c'était la crainte d'être poursuivis; rien n'est plus incertain que la vie d'un voleur. Pendant la nuit, la vieille avait été occupée à apprêter le repas qui les attendait à leur retour.

Quant à moi, j'avais pris d'après eux l'habitude de ne plus songer au retour régulier des différentes parties de la journée, et de faire, jusqu'à un certain point, du jour la nuit, et de la nuit le jour. Il y avait déjà plusieurs semaines que j'étais dans cette demeure et la saison était fort avancée. J'avais passé quelques heures de la nuit à méditer sur ma situation. Le caractère et les mœurs des gens parmi lesquels je vivais, avaient quelque chose qui me causait un véritable dégoût. Leur ignorance grossière, leurs habitudes féroces et leurs manières brutales, au lieu de me paraître plus supportables avec le temps, ne faisaient qu'ajouter de jour en jour à l'aversion qu'elles m'avaient inspirée dès l'origine. Je ne pouvais pas rapprocher la force d'esprit extraordinaire et l'extrême fertilité d'invention qu'ils déployaient dans l'exercice de leur métier, avec l'odieux

de

de ce métier et leur dépravation habituelle, sans éprouver des sensations si pénibles, qu'elles me devenaient intolérables. La vue du mal moral me semblait être, au moins pour un esprit qui n'est pas encore dompté par la philosophie, une des sources les plus fécondes de tourment et de mal-aise. La société de M. Raymond ne me soulageait nullement de ce genre de peine. Il était à une distance immense des vices de ses compagnons; mais je n'en étais pas moins vivement affecté de le voir aussi hors de sa place, aussi mal associé, et ses rares talens employés d'une manière aussi méprisable. J'avais essayé de déchirer le voile qui l'aveuglait ainsi que ses camarades, mais j'avais trouvé dans mon entreprise des obstacles plus grands que je ne l'avais imaginé.

Que faire donc? attendrais-je, en fervent missionnaire, l'issue de la conversion que j'avais tentée, ou bien me retirerais-je sur-le-champ? Si je prenais le parti de m'en aller, devais-je exécuter ce projet furtivement, ou bien au contraire, déclarer hautement ma résolution, et tâcher ainsi d'achever par la force de l'exemple ce que mes argumens n'avaient pu faire ? Certainement, refusant, comme je le faisais, de prendre la moindre part à leurs expéditions, ne contribuant pas de ma personne aux dangers dont ils tiraient leur subsistance, et ne travaillant point à prendre leurs habitudes, il ne convenait pas que je continuasse mon séjour chez eux plus long-temps que ne l'exigeait la nécessité. D'ailleurs, il y avait une circonstance qui rendait cette délibération fort urgente. Ils avaient le projet de quitter sous peu de jours leur habitation actuelle pour aller gagner un autre gîte qu'ils avaient dans une province éloignée. Si je ne me proposais pas de rester avec eux, peut-être ne serait-il pas bien de les accompagner dans cette émigration. L'état d'infortune inouie où m'avait réduit mon inflexible persécuteur m'avait mis au point de regarder comme la plus heureuse des aventures la rencontre d'une caverne de voleurs. Mais le temps qui s'était écoulé depuis, avait probablement été suffisant pour ralentir l'activité des recherches dirigées contre moi. Je soupirais pour cet état de solitude et d'obscurité, pour cet asyle contre les persécutions du monde, et même contre sa simple attention, sur lequel mon imagination s'était portée avec tant de plaisir au moment où j'avais brisé mes chaînes.

Telles étaient les réflexions qui m'occupaient l'esprit. A la fin, cet état continu de contemplation me fatigua, et pour me délasser, je tirai de ma poche un Horace qui m'avait été légué par mon cher Brightwell. Je lus avec avidité son épître au grammairien Fuscus dans laquelle il lui fait une si belle description de la tranquillité et de l'indépendance délicieuse d'une vie champêtre. Le soleil vint alors à se lever derrière les collines qui bornaient ma vue à l'orient, et j'ouvris ma fenêtre pour jouir de ce spectacle. Le jour commençait d'une manière singulièrement brillante, et il était paré de tous ces charmes que les poëtes de la nature, comme on les appelle, ont tant de plaisir à décrire. Dans cette scène magnifique, sur-tout après une contention d'esprit assez longue, il y avait quelque chose de ravissant qui m'entraînait au repos. Insensiblement une rêverie confuse s'empara de toutes mes facultés, je quittai ma fenêtre, me jetai sur mon lit, et m'endormis.

Je ne me rappelle pas précisément les images qui me passèrent dans l'esprit pendant ce sommeil; mais je sais qu'elles se terminèrent par l'idée d'une personne, agent de M. Falkland, qui s'approchait de moi pour m'assassiner. Vraisemblablement cette imagination m'avait été suggérée par le projet que je méditais de rentrer dans le monde et de me rejeter dans la sphère où sa vengeance pouvait encore m'atteindre. Il me semblait que l'assassin avait le dessein de venir sur moi par surprise, que je voyais son dessein, et que pourtant par quelque enchantement, je n'avais nul moyen de l'éviter. J'entendais les pas du meurtrier qui s'avançait lentement et avec précaution. Sa respiration qu'il cherchait à retenir, frappait néanmoins mon oreille; je le sentis arriver jusques à l'endroit où j'étais placé, et puis s'arrêter; l'image devint alors trop terrible, je tressaillis, j'ouvris les yeux Que vis-je? L'exécrable mégère dont j'ai parlé fondant sur moi avec un couperet de boucher dans les mains. J'esquivai le coup avec une vîtesse plus rapide encore que la pensée, et l'instrument qu'elle dirigeait sur ma tête consuma sur le lit sa force impuissante. Avant qu'elle eût le temps de se remettre en posture pour un second coup, je sautai sur elle, je saisis l'arme qu'elle tenait et je la lui avais presque ôtée des mains ; mais en un instant elle reprit ses forces et sa rage, et il y eut entre nous une lutte furieuse ; elle, animée par la haine et le désespoir, et moi, combattant pour ma vie. C'était une véritable amazone pour la vigueur, et jamais je ne me suis trouvé en tête d'adversaire plus formidable. Elle avait le coup-d'œil sûr, les mouvemens prompts comme l'éclair, et de temps en temps, se poussant sur moi de toute la force de son corps, elle me donnait des secousses d'une violence inconcevable. A la fin pourtant, j'eus la victoire, je lui arrachai des mains son instrument de mort, et la jetai par terre. Jusques à ce moment, l'attention qu'elle mettait à diriger ses efforts avait contenu sa furie ; mais alors elle se mit à grincer des dents, à rouler des yeux égarés qui semblaient lui sortir de la tête, et dans les convulsions de sa rage à s'agiter comme une démoniaque.

« Gueux ! scélérat ! s'écriait-elle ! » Que penses-tu donc faire de moi ? »

Jusques à ce moment la scène avait été complettement muette.

« Rien, lui répondis-je, va-t'en, infernale sorcière, et laisse-moi en repos. » — « Que je te laisse ! Oh ! que » non. Je veux t'enfoncer mes doigts » dans les côtes, t'arracher le cœur et » boire ton infâme sang !... Ah, tu crois » venir à bout de moi ! Ah bien oui !... » Tu verras... Je t'étoufferai sous moi, » je te ferai rôtir à petit feu avec du » souffre, je t'écraserai tes entrailles sur » la figure... Ah ! ah ! »

Elle se releva en disant ceci, et se prépara à m'attaquer avec un redoublement de furie. Je lui saisis les mains et la forçai de s'asseoir sur le lit. Dans cette attitude, elle continua à exprimer sa rage par des grincemens de dents, par des mouvemens de tête frénétiques et de temps en temps par de violens efforts pour se dégager de moi ; ses contorsions et ses soubresauts étaient de la nature de ces accès, où quatre personnes semblent quelquefois suffire à peine, pour contenir le malade; mais, dans les circonstances où j'étais, je trouvai par expérience, que j'avais assez de ma force seule. Rien n'était plus effroyable que le spectacle de cette furie au milieu de ses agitations. A la fin pourtant sa frénésie commença à se rallentir et elle demeura convaincue de l'inutilité de ses efforts.

« Laissez-moi aller, dit-elle, pour-
» quoi me tenez-vous? Je ne veux pas
» qu'on me tienne. »

« Je ne veux autre chose sinon que
» vous vous en alliez tout de suite, ré-
» pliquai-je. Me laisserez-vous tranquille
» à présent?

— « Oui, oui, je te dis qu'oui, damné
» vilain! Oui, infâme gueux! »

Je la lâchai sur-le-champ, elle courut aussitôt à la porte et la tenant entr'ouverte: « Je saurai bien encore venir à

» bout de te faire rendre l'ame, me dit-» elle, vas, avant qu'il soit vingt quatre » heures, je réponds de toi! » En disant ces mots, elle tira la porte et m'enferma à la clef. Une action à laquelle je m'attendais aussi peu me fit tressaillir de peur. Où était-elle allée? Quel était son dessein? Je ne pouvais pas supporter l'idée de périr par les machinations d'une pareille sorcière. La mort, sous quelque forme qu'elle soit, quand elle fond sur nous par surprise et sans que l'esprit ait eu le temps de s'y préparer, porte avec soi une terreur impossible à rendre. Mes idées s'égaraient dans un dédale d'horreur et de confusion; il n'y avait dans ma tête que chaos et que tumulte. Je voulus forcer la porte, mais en vain. Je tournai tout autour de la chambre en cherchant quelque outil propre à m'aider. A la fin pourtant je me précipitai sur cette porte avec un effort de désespoir auquel elle céda, et qui me jeta presque au bas de l'escalier.

Je descendis avec toute la précaution et la prudence possible. J'entrai dans la cuisine, mais je n'y vis personne. Je cherchai dans les autres pièces, avec aussi peu de succès ; je sortis de la maison ; je ne pus venir à bout de trouver aucune trace de mon adversaire. C'était une chose bien étonnante : que pouvait-elle être devenue ? Que devais-je conclure de cette disparution ? Je refléchis à la menace qu'elle m'avait faite en partant : *qu'avant qu'il fût vingt-quatre heures, elle répondait de moi !* Cette phrase était énigmatique ; elle ne paraissait pas renfermer une menace d'assassinat.

Tout-à-coup le papier apporté par Larkins revint à ma mémoire. Serait-il bien possible que ce fût-là le motif caché de ses dernières paroles ? Serait-elle partie pour faire elle-même un pareil coup ? Mais, n'y aurait-il pas un grand danger pour la troupe, à amener ainsi sans la moindre précaution les officiers de justice dans notre retraite ? il n'y avait peut-être pas lieu de craindre qu'elle pût se porter à un pareil acte de désespoir. Pourtant, on ne pouvait guères répondre de ce dont elle était capable dans l'état où elle était. Serait-il prudent d'attendre, et d'aventurer ma liberté sur une pareille chance ?

Je répondis bien vîte par une négative à cette dernière question. J'étais déjà déterminé à quitter dans peu le séjour que j'habitais ; un peu plus tôt ou un peu plus tard ne faisait pas une différence importante. Il n'était ni sage ni agréable de résider sous le même toit avec quelqu'un qui m'avait donné de si fortes preuves d'une haine implacable. Mais de toutes mes réflexions celle qui avait sans comparaison le plus de poids sur mon esprit, c'était l'idée de la prison, du procès, du supplice. Plus ces objets avaient été depuis long-temps la matière de mes méditations, plus je me sentais invinciblement porté à tout faire pour les éviter. J'avais déjà beaucoup fait dans cette vue ; je m'étais décidé à beaucoup de sacrifices ; et si je venais à échouer dans mes projets, je ne croyais pas que ce pût jamais être faute de soin et de résolution de ma part. La seule idée du sort que me réservaient mes persécuteurs, me mettait à la torture, et plus je voyais de près l'oppression et l'injustice, plus je me sentais profondément pénétré de l'horreur qui leur est due.

Tels furent les motifs qui me décidèrent à quitter sur-le-champ, brusquement et sans aucun témoignage d'adieu ou de remerciement pour tant de bons offices que j'y avais reçus, une habitation qui, pendant une espace de six semaines, m'avait, à ce qu'il me semble, protégé contre les horreurs d'un procès, d'une condamnation et d'une mort ignominieuse. J'y étais entré sans un sou, et j'en sortais avec quelques guinées que M. Raymond m'avait obligé de prendre pour ma part, au moment d'une distribution qui avait été faite de la masse commune. Quoique j'eusse bien quelque raison de supposer que la chaleur des recherches suscitées contre moi s'était un peu rallentie par le laps de temps; avec cela, l'énormité des malheurs qu'un hasard défavorable pouvaient attirer sur ma tête, me fit prendre le parti de ne pas négliger une seule des précautions imaginables. Je songeai à ce papier d'avis qui était la cause de mes frayeurs actuelles, et je compris qu'un des principaux dangers dont je fusse menacé, était que ma figure fût reconnue par quelqu'un qui m'aurait vu autrefois, ou même par des étrangers qui auraient lu mon signalement. En conséquence, il me parut prudent de me déguiser le plus efficacement possible. Pour cet effet, j'eus recours à un paquet de guenilles qui était dans un des coins de notre demeure. Le déguisement que j'adoptai fut celui d'un mendiant. D'après ce plan, je quittai ma chemise. Je m'attachai autour de la tête un mouchoir avec lequel j'eus soin de couvrir un de mes yeux, et par-dessus je mis un vieux bonnet de nuit de laine. Je choisis le plus mauvais habit qu'il me fût possible de trouver, et je lui donnai encore l'air plus misérable au moyen de déchirures que j'y fis à dessein en plusieurs endroits. Dans cet accoutrement, je me regardai dans un miroir. Mon travestissement me sembla parfait, et personne ne m'aurait soupçonné de ne pas appartenir à la confrairie dont je voulais passer pour membre.

« Voilà, me dis-je à moi-même, la » forme sous laquelle la tyrannie et » l'injustice m'obligent de chercher un » refuge; mais il vaut mieux, mille » fois mieux, encourir le mépris sous » les haillons de la misère, et parmi » la lie de l'espèce humaine, que de » compter sur la compassion et la sen- » sibilité des grands. »

CHAPITRE V.

La seule règle que je me prescrivis pour traverser la forêt, ce fut de suivre la direction la plus opposée possible aux routes qui conduisaient au lieu de mon ancienne prison. Après environ deux heures de marche, j'arrivai au bout de ce canton agreste, et je gagnai la partie du pays qui est enclose et cultivée. Là, je m'assis au bord d'un ruisseau, et tirant de ma poche un morceau de pain que j'avais emporté avec moi, je pris un peu de repos et de nourriture. Je restai quelques instans dans cet endroit à méditer sur la marche que j'adopterais, et je me trouvai, comme je l'avais déjà été dans une situation presque pareille, disposé à fixer mon choix sur la capitale qui me semblait, outre ses autres avantages, m'offrir plus de moyens de me cacher que tout autre lieu. Pendant que je m'occupais de ces idées, je vis passer deux paysans à peu de distance de moi, et je leur demandai la route de Londres. Je compris d'après leur indication que le chemin le plus court était de repasser une partie du bois, et qu'alors il me faudrait nécessairement me rapprocher beaucoup plus que je ne l'étais du chef-lieu du comté. Je ne regardai pas toutefois cette circonstance comme bien importante. Mon déguisement me paraissait un préservatif suffisant contre le danger du moment; en conséquence, sans suivre le chemin le plus direct, je pris un sentier qui devait me conduire au point qu'ils m'avaient indiqué.

Quelques-uns des incidens de cette journée méritent d'être rapportés. Comme je passais le long d'une grande route qui se trouvait sur mon chemin et que je suivis pendant quelques milles, j'aperçus un carrosse qui venait dans la direction opposée à la mienne. Je délibérai un moment en moi-même si je passerais sans rien dire, ou bien si je saisirais cette occasion de faire de la voix ou du geste, un essai de mon nouveau métier. Mais cette discussion oiseuse me passa bien vîte de l'esprit, quand j'eus reconnu cette voiture pour celle de M. Falkland. Cette rencontre soudaine me frappa d'épouvante, quoiqu'en y songeant avec plus de sang-froid, il fût difficile d'y voir un danger considérable. Je me retirai de la route et me cachai derrière une haie, jusqu'à ce que la voiture fût tout-à-fait passée. J'étais trop fortement occupé de l'impression qu'elle m'avait faite, pour me risquer à examiner si cet équipage renfermait ou non le terrible ennemi de mon repos. Je me persuadai qu'il y était. Mes yeux suivirent le carrosse, et je m'écriai : « Voilà le » faste et les commodités qui accom- » pagnent le crime, et voici le dénue- » ment et la misère sous lesquels gémit » l'innocence ! » J'avais tort de m'imaginer qu'il y eût à cet égard, dans ma situation, rien qui me fût particulier. Je rapporte cette circonstance pour faire voir seulement comme les plus petites choses contribuent à rendre aux malheureux la coupe de l'adversité encore plus amère. Ce ne fut cependant qu'une idée passagère. Mes souffrances m'avaient appris à ne pas trop m'abandonner au triste plaisir qu'on trouve à se plaindre. Quand mon esprit fut redevenu tranquille, je me mis à réfléchir sur la rencontre que je venais de faire, et à examiner si cet événement pouvait avoir quelque rapport à moi. Mais j'eus beau retourner long-temps la chose dans ma tête de toutes les manières, il ne me fût pas possible de rien découvrir qui pût fonder à cet égard une conjecture un peu raisonnable.

La nuit venue, j'entrai dans un petit cabaret à l'extrémité d'un village, et m'étant assis dans un coin de la cuisine, je demandai du pain et du fromage.

Tandis que j'étais à table auprès de ce repas frugal, il survint trois ou quatre paysans qui venaient manger un morceau après leur journée. Les idées sur l'inégalité des rangs sont de toutes les classes de la société; et comme mon extérieur était beaucoup plus mesquin que le leur, je crus qu'il était à propos de céder la place à cette espèce de gentilhommerie de cabaret, et de me retirer dans un endroit plus obscur. Quelle fut ma surprise et ma frayeur quand je les ouis presque au même instant entrer en conversation sur mon sujet, et que je m'entendis, avec quelque léger changement dans les circonstances, désigner sous le nom du fameux briseur de maisons, Kit-Williams.

— « Au diable soit le Williams, dit » un d'eux, il n'est, ma foi, question » d'autre chose. Sur mon ame, je crois » qu'il fait parler de lui dans tout le » comté. »

— « C'est bien vrai, reprit un autre.

» J'étais à la ville aujourd'hui pour » acheter des avoines pour mon maître; » il y a eu une proclamation faite sur » lui, et il y en avait qui croyaient » l'avoir atrappé; mais c'était une fausse » alerte. »

« — C'est que c'est une bonne affaire » que cent guinées, répliqua l'autre. Je » ne serais pas fâché de trouver cela » dans mon chemin. »

— « Pour ce qui est de ça, reprit » celui qui venait de la ville, cent » guinées sont aussi bonnes pour moi » que pour un autre; pas moins, je » ne saurais dire comme vous. Il me » semble que de l'argent que j'aurais » gagné à envoyer un pauvre chrétien » a la potence, ne me porterait jamais » profit. »

— « Bah! je ne suis pas si dégouté! » Il faut bien qu'il y en ait quelques-» uns de pendus, pour que les autres » puissent rouler en paix. Et puis, je » pardonnerais bien à ce drôle-là toutes

» ses voleries, si ce n'est qu'il ait été
» assez coquin pour forcer à la fin la
» maison de son propre maître. C'est
» aussi trop mal. »

— « Mon dieu, mon dieu, reprit
» l'autre, je vois que vous ne savez seu-
» lement pas un mot de cette affaire là.
» Je m'en vas vous dire ce qui en est,
» comme je l'ai appris à la ville. Je
» doute seulement qu'il ait jamais rien
» pris à son maître. Mais, écoutez. D'a-
» bord il faut que vous sachiez que
» l'écuyer Falkland a été autrefois jugé
» pour meurtre. »

— « Oui, oui, nous savons cela. »

« Hé bien donc, il était innocent de
» ce meurtre comme l'enfant qui vient
» de naître. Mais il paraît qu'il a la tête
» un tant soit peu frappée, ou quelque
» chose comme cela, voyez-vous. Si
» bien donc que Kit-Williams..... C'est
» un démon pour la ruse et la malice
» que ce Kit, vous pouvez en juger,
» puisqu'il a brisé sa prison pas moins

» de cinq fois..... Si bien donc, comme » je disais, il a menacé son maître de » le remettre encore une fois aux assises » pour y être jugé, par ainsi, il l'a » effrayé tellement, qu'il en a tiré à » plusieurs fois de grosses sommes d'ar- » gent. Si bien qu'à la fin, un écuyer » Forester qui est un parent de l'autre, » a trouvé tout déniché. V'la qu'il a fait » un train d'enfer, et qu'il a envoyé » bien vîte Kit en prison, et je crois » bien qu'il n'aurait pas manqué de le » faire pendre; car quand deux sei- » gneurs s'entendent pour mener une » affaire, ils ne s'embarrassent guères, » comme vous savez, de ce que la loi » chante; ou bien, ils savent tellement » tordre la loi à leur fantaisie, je ne » dirai pas précisément comme ça s'ar- » range, mais il y a furieusement à » parier que le pauvre diable en est » bientôt pour son cou. »

Quoique l'histoire fût ainsi racontée d'une manière très-positive et très-circonstanciée, elle ne passa pas pourtant sans contestation. Chacune des parties soutint la thèse qu'elle avait mise en avant, et la dispute fut longue et opiniâtre. A la fin, ils se retirèrent tous ensemble, historiens et commentateurs. La frayeur dont j'avais été saisi au commencement de cette conversation était extrême. Je jetai à la dérobée un coup-d'œil de côté, que je promenai tout autour de la cuisine, pour observer si l'attention de quelqu'un ne se portait pas sur moi. Je tremblais comme dans un accès de frisson, et je me sentis d'abord une tentation continuelle de quitter la place et de m'enfuir à toutes jambes. Je me resserrai dans mon coin, tenant ma tête de côté, et il me semblait, de temps en temps, que toute ma machine éprouvait une révolution générale.

A la fin pourtant mes idées prirent un autre cours. Quand je m'aperçus qu'ils ne faisaient pas la moindre attention à moi, le souvenir de mon déguisement et de la parfaite sécurité qu'il devait me donner, revint avec force à mon esprit, et je sentis aussitôt une sorte d'exultation secrette, quoique pourtant je n'osasse pas encore m'exposer aux risques d'être observé. Insensiblement j'en vins jusqu'à m'amuser de l'absurdité de leurs contes, et de toutes les faussetés que je leur entendais débiter avec assurance sur mon compte. Mon ame semblait s'épanouir; je m'énorgueillissais intérieurement de la tranquillité et du sang-froid avec lequel j'écoutais cette scène, et je résolus de prolonger et même de pousser plus loin ce genre de jouissance. En conséquence, dès qu'ils furent partis, je m'accostai de notre hôtesse, une bonne grosse réjouie de veuve, fort résolue, et je lui demandai quelle espèce d'homme ce pouvait être que ce Kit-Williams? Elle me répondit, que suivant ce qu'elle en avait oui dire, c'était un des plus jolis garçons qu'il y eût dans les quatre comtés à la ronde, et qu'elle l'aimait de tout son cœur pour sa subtilité à attraper tous les geoliers qu'on mettait autour de lui, et à se faire un passage à travers des murailles de pierre massive, tout comme si c'était autant de toiles d'araignées. Je lui observai que l'alerte était tellement donnée dans tout le pays, qu'il ne me paraissait pas possible qu'il pût échapper aux recherches. Cette idée l'indigna; elle dit qu'elle espérait bien que depuis le temps il était déjà assez loin pour se mocquer des récherches; mais que si cela n'était pas, qu'elle souhaitait de grand cœur que la malédiction de Dieu pût tomber sur ceux qui trahiraient un si gentil compagnon que celui-là pour lui faire faire une mauvaise fin... Quoiqu'elle fût bien loin de soupçonner que la personne dont elle parlait fût aussi près d'elle, cependant cette chaleur si franche et si généreuse avec laquelle elle prenait mes intérêts me causa un plaisir infini. Je me retirai de la cuisine, en emportant avec moi ce sentiment de satisfaction pour adoucir les fatigues de ma journée et le malheur de ma situation; je gagnai une grange voisine, où je m'étendis sur un peu de paille, et tombai bientôt dans un profond sommeil.

Le lendemain, sur le midi, comme je continuais mon chemin, je rencontrai deux hommes à cheval qui m'arrêtèrent pour s'informer à moi d'une personne qu'ils prétendaient avoir dû passer sur cette même route. A mesure qu'ils détaillaient le signalement de la personne, je m'aperçus, avec un saisissement de frayeur, que j'étais moi-même l'individu que leurs questions avaient pour objet. Ils entrèrent dans une description assez exacte et assez circonstanciée de tous les signes qui pouvaient servir à me reconnaître. Ils ajoutèrent qu'ils avaient de bonnes raisons pour croire qu'on m'avait vu la veille même dans un endroit de ce comté. Pendant qu'ils parlaient, une troisième personne qui était restée derrière se joignit à eux, et ma peur augmenta furieusement quand je la reconnus pour ce même domestique de M. Forester, qui était venu me voir dans ma prison, quinze jours avant ma fuite. Ma meilleure ressource dans ce moment de crise était de prendre un air de tranquillité et d'indifférence. Heureusement pour moi, mon travestissement était si complet que l'œil même de M. Falkland eût eu peine à me deviner. Depuis long-temps j'avais prévu qu'un tel secours pourrait me devenir nécessaire, et j'avais de bonne heure préparé mes mesures pour me le procurer. J'avais eu dès ma première jeunesse une extrême facilité pour l'imitation, et quand je quittai l'asyle que m'avait donné M. Raymond, j'adoptai avec mon attirail de mendiant une sorte de maintien gauche et villageois, auquel j'avais recours pour peu que j'eusse à craindre d'être observé, ainsi qu'un baragouin irlandais que j'avais eu occasion d'étudier dans ma prison. Voilà pourtant les misérables expédiens, voilà les études d'artifice et de dissimulation auxquelles l'homme (l'homme qui ne mérite ce nom qu'à raison de la fierté et de l'indépendance de son attitude) est quelquefois obligé de recourir pour échapper à l'animosité implacable et à la barbare tyrannie de son semblable! Je m'étais servi de ce jargon dans la conversation que j'avais eue au cabaret, quoique je n'aje pas crû nécessaire d'en faire mention dans mon récit. Le domestique de M. Forester s'aperçut, en arrivant, que ses camarades étaient en conversation avec moi; et devinant bien quel en était le sujet, il s'informa s'ils avaient découvert quelque chose. Il ajouta à ce que les autres m'avaient déjà appris, que la résolution était bien prise de n'épargner ni soin ni dépenses pour me trouver et me faire pendre, et que si j'étais dans quelque coin du royaume, ils étaient bien convaincus qu'il me serait impossible d'échapper.

Ainsi chaque nouvel incident qui s'offrait à moi, tendait à me frapper l'esprit de plus en plus du danger extrême qui m'environnait. J'aurais pu m'imaginer presque que j'étais le seul objet de l'attention générale, et que le monde entier était en armes pour m'exterminer. Il n'y avait pas en moi une fibre qui ne tressaillit de douleur et d'effroi à cette idée. Mais quelqu'épouvantable qu'elle parût à mon imagination, elle ne servit qu'à m'animer avec encore plus d'énergie à la poursuite de mon plan; je me sentis plus déterminé que jamais à ne pas volontairement abandonner le champ de bataille, c'est-à-dire, en d'autres mots, abandonner mon col à la corde du bourreau, en dépit de l'immense supériorité de mes adversaires. Mais si ce qui venait de m'arriver ne changea rien à mes projets, au moins m'engagea-t-il à revoir de nouveau les moyens d'exécution qui étaient à ma portée. La conclusion de cette révision fut, que je me déterminai à prendre ma course vers le port de mer le plus voisin du côté de l'ouest de l'Angleterre, et à me transporter en Irlande. Je ne saurais dire à présent ce qui me porta à préférer ce plan à celui auquel je m'étais arrêté dans l'origine. Peut-être que ce dernier ayant occupé depuis quelque temps mon imagination me sembla par cette raison plus facile à deviner que l'autre ; et qu'en substituant le second à sa place, je crus trouver dans cet arrangement une plus grande complication de mesures que mon esprit ne s'arrêta pas à analyser.

Sans autre empêchement, j'arrivai au port où j'avais résolu de m'embarquer ; je trouvai un vaisseau tout prêt à lever l'ancre dans quelques heures, je demandai le capitaine, et je fis marché avec lui pour mon passage. L'Irlande avait pour moi le désavantage d'être une des dépendances du gouvernement britannique, et par conséquent de m'offrir moins de sûreté que la plupart des autres pays qui sont séparés de l'Angleterre par l'Océan. A en juger par l'activité avec laquelle j'étais, à ce qu'il semblait, poursuivi dans ce royaume, il n'était pas hors de vraisemblance que l'acharnement de mes persécuteurs vînt me chercher jusques sur l'autre côté du canal. Néanmoins c'était une idée un peu consolante pour moi de songer que j'étais sur le point d'éloigner d'un pas de plus ces affreux périls dont l'image me tourmentait sans relâche.

Y avait-il quelque danger possible à craindre dans cet intervalle si court qui avait à s'écouler jusqu'à l'instant où le vaisseau lèverait l'ancre, et quitterait le rivage de l'Angleterre ? Aucun vraisemblablement. Il s'était passé très-peu de temps entre ma résolution de m'embarquer et mon arrivée au port, et si mes persécuteurs avaient pu recevoir quelque nouvel avis, ce ne pouvait être que quelques jours avant, de la part de la vieille. J'avais tout lieu d'espérer de les avoir passés en diligence. Néanmoins, pour ne négliger aucune précaution raisonnable, j'entrai à l'instant à bord, résolu à ne pas m'exposer inutilement à quelque fâcheuse rencontre, en me montrant dans les rues de la ville. C'était la première fois que j'eusse pris congé de mon pays natal.

CHAPITRE VI.

Le moment fixé pour le départ était arrivé, et d'un instant à l'autre on attendait l'ordre de lever l'ancre, quand nous fûmes hélés par un bateau qui était sur le rivage, et dans lequel il y avait deux personnes, outre les rameurs. Elles vinrent aussitôt à bord; c'était des officiers de justice. On ordonna aux passagers, qui consistaient en cinq personnes, outre la mienne, de se rendre sur le pont pour être examinés. Un tel incident survenu si fort à contre-temps me causa un trouble inexprimable. Je regardai comme certain que c'était moi qui étais l'objet de cette recherche. Ne se pouvait-il pas que par quelqu'accident impossible à expliquer, ils eussent eu connaissance de mon déguisement? Il était infiniment plus fâcheux pour moi d'avoir à paraître devant eux sur un théâtre aussi circonscrit, et où je serais précisément comme le point de mire de leurs observations, que de me présenter sous les dehors d'une personne indifférente, comme j'avais fait jusqu'à présent, à ceux qui étaient à ma poursuite. Toutefois ma présence d'esprit ne m'abandonna pas. Mon costume impénétrable et mon baragouin irlandais me donnaient beaucoup d'assurance et me semblaient faits pour braver tous les hasards possibles.

Nous ne fûmes pas plutôt en présence sur le pont qu'à ma grande consternation, il ne me fut pas difficile d'observer que l'attention des nouveaux venus se tournait principalement sur moi. Ils firent quelques questions vagues à ceux des passagers qui se trouvaient les plus proches d'eux, et ensuite venant à moi ils me demandèrent mon nom, qui j'étais, d'où je venais, et pourquoi je me trouvais-là? J'eus à peine ouvert la bouche pour leur répondre, que tous deux, d'un commun accord, se saisirent de moi, en disant que j'étais leur prisonnier, et en assurant qu'il ne fallait pas autre chose que mon accent et le rapport du signalement pour me faire condamner devant tous les tribunaux d'Angleterre. Je fus entraîné hors du vaisseau et jeté dans le bateau qui les avait amenés où ils me firent asseoir entre eux deux, comme pour empêcher que je ne songeasse à sauter dans la mer pour leur échapper.

Dès-lors, je ne mis plus en doute que j'étais encore une fois retombé au pouvoir de M. Falkland, et cette idée fut pour moi la plus douloureuse qu'il fût possible d'imaginer. Echapper à sa poursuite, m'affranchir de sa tyrannie était l'objet vers lequel étaient tendus tous les ressorts de mon esprit; cet objet était-il donc au-dessus de tous les efforts humains? Le pouvoir de mon ennemi remplissait-il donc tout l'espace, et son œil savait-il percer à travers tous les déguisemens ? Ressemblait-il à cet être mystérieux dont on nous dit que les montagnes et les collines tomberaient vainement sur nous, pour nous soustraire à ses vengeances ! Aucune idée n'est plus propre à prolonger l'ame dans l'abattement et le désespoir. Mais il ne s'agissait pas ici pour moi d'un point de raisonnement ni d'un article de foi ; ce n'était ni en refusant ouvertement ma croyance, ni en me retranchant secrètement dans la nature vague et incompréhensible de l'idée que je pouvais trouver quelque soulagement. C'était une affaire de sentiment intime ; je sentais les griffes du tigre s'enfoncer dans mon cœur.

Mais quoique cette impression fût d'abord excessivement forte, et qu'elle eût amené avec elle sa suite ordinaire, le découragement et la pusillanimité ; cependant, comme par un mouvement machinal, mon esprit revint à considérer la distance d'entre ce port de mer et la ville de ma prison, ainsi que toutes les diverses occasions qu'un si long espace pouvait m'offrir pour m'échapper. Mon premier soin devait être de prendre bien garde de rien faire propre à me découvrir plus avant que je ne l'étais déjà. Quoique arrêté, il pouvait se faire qu'on se fût déterminé à cette mesure sur de légers indices, et qu'avec ma dextérité je vinsse à bout de me faire relâcher aussi facilement qu'on m'avait pris. Il était même possible que cette arrestation fût l'effet d'une méprise, et n'eût pas le moindre rapport aux poursuites de M. Falkland. Dans toutes les hypothèses, mon rôle était d'attendre des éclaircissemens et de n'en point donner.

Je ne fus pas long-temps à me ressentir des avantages de cette résolution. Dans l'intervalle de mon passage du vaisseau à la ville je ne proférai pas un mot. Mes conducteurs firent des commentaires sur mon silence obstiné, en observant qu'il ne me servirait à rien; qu'infailliblement je ferais le saut, attendu qu'il ne s'était jamais vu que quelqu'un jugé pour avoir volé le courrier de sa majesté ait pu se tirer de-là. On se persuadera aisément combien je me sentis soulagé par ces paroles; je n'en persistai pas moins dans le silence que je m'étais proposé de garder. Le reste de leur conversation qui ne laissa pas d'être diffuse m'apprit que la malle du courrier d'Edimbourg à Londres avait été volée il y avait dix jours par deux irlandais; que l'on s'était déjà assuré de l'un d'eux, et que j'étais arrêté comme soupçonné d'être le second. Ils avaient un signalement de la personne de celui-ci, lequel bien qu'il différât du mien sur beaucoup de points essentiels, comme je l'ai pu voir après, leur paraissait cadrer le plus exactement du monde. Cette certitude que je ne me trouvais arrêté que par l'effet d'une méprise m'avait débarrassé d'un poids énorme. Je me voyais assuré d'établir mon innocence d'une manière satisfaisante devant quelque magistrat du royaume que ce pût être, et en comparaison des allarmes que je n'avais eu que trop de raison de prendre, le désagrément d'être traversé dans mes projets et d'avoir vu échouer mon dessein de quitter l'Angleterre, même après m'être déjà rendu à bord, n'était encore qu'un mal assez léger.

Aussitôt que nous fûmes débarqués, on me conduisit chez le juge-de-paix. Celui-ci avait été jadis capitaine de navire-charbonnier; mais ayant eu du bonheur dans ses affaires, il avait quitté cette vie errante, et avait depuis quelques années l'honneur d'être un des représentans de la personne de sa majesté. On nous fit attendre quelque temps dans une espèce d'antichambre, jusqu'à ce que sa révérence eût le loisir de nous donner audience. Les personnes qui m'avaient amené étaient des gens très au fait du métier, et ils voulurent à toute force que cet intervalle fût employé à me fouiller, en présence de deux des domestiques de sa seigneurie. Ils me trouvèrent quinze guinées et un peu d'argent. Ils exigèrent que je me dépouillasse entièrement, afin qu'ils pussent examiner si je n'avais pas de billets de banque cachés en quelque endroit. Ils prirent l'une après l'autre les guenilles qui composaient mon misérable vêtement, à mesure que je les quittais, et ils les tâtèrent avec beaucoup de soin pour s'assurer si les objets qu'ils cherchaient n'y avaient pas été cousus. Je me soumis à tout sans murmurer. Vraisemblablement l'issue de l'affaire serait toujours la même, et la justice sommaire était une forme de procéder qui convenait assez à mes vues, mon principal objet étant de me débarrasser le plutôt possible des serres des respectables personnes qui me tenaient sous leur garde.

A peine cette opération fut-elle achevée que nous fûmes appelés pour être introduits dans l'appartement de sa seigneurie. Mes accusateurs commencèrent à exposer leurs griefs contre moi, et lui dirent qu'ils avaient eu ordre de se rendre à la ville sur l'avis que l'un des voleurs de la malle d'Edimbourg y était, et qu'ils m'avaient surpris à bord d'un vaisseau prêt à faire voile pour l'Irlande. « Fort bien, dit sa seigneurie, » voilà votre dire ; voyons maintenant » quel compte ce gentilhomme-ci nous » rendra de sa personne. Allons, bon » sujet, votre nom ? De quel endroit » du Tipperary vous plaît-il de vous » dire ? » Ma réponse était déjà prête sur cette question ; et du moment où j'avais eu connaissance du genre d'accusation portée contre moi, j'avais pris le parti de laisser là, au moins pour le moment, mon accent irlandais, et de parler ma langue naturelle. C'était ce que j'avais déjà fait dans le peu de mots que j'avais dit à mes conducteurs dans l'antichambre; cette subite métamorphose les avait pétrifiés, mais ils avaient été trop loin pour pouvoir se rétracter avec honneur. Je répondis donc au juge que je n'étais pas irlandais, et n'avais même jamais été dans ce pays; que j'étais natif d'Angleterre. Cette réponse donna lieu à consulter le signalement où ma personne était censée désignée, et que mes conducteurs avaient porté avec eux pour se diriger. Sans nulle équivoque la désignation exigeait que le délinquant fût irlandais.

Observant que sa seigneurie hésitait, je crus que c'était le moment de pousser un peu plus loin ce moyen de justification. Je m'en référai au même papier, et lui fis remarquer que le signalement ne se rapportait nullement ni quant à la taille, ni quant aux autres circonstances. Mais aussi il se rapportait fort bien pour l'âge et pour la couleur des cheveux, et puis monseigneur n'avait pas l'habitude, comme il eut la bonté de me l'apprendre, de se tourmenter pour des niaiseries semblables, ni de laisser échapper un coquin de la corde, pour une prétendue erreur de quelques pouces dans sa taille. Que si l'homme se trouvait trop court, disait-il, il n'y avait pas de meilleur remède que de l'allonger un peu. A mon égard, le mécompte était dans le sens contraire, mais sa révérence ne voulut pas perdre son bon mot. Au total, il était un peu embarrassé dans sa marche.

Mes conducteurs s'en aperçurent bien, et ils commencèrent à trembler pour leur récompense que deux heures auparavant ils regardaient comme aussi assurée que si elle eût été dans leur poche. Me retenir toujours par provision leur semblait une spéculation sûre, parce que si au bout du compte il arrivait qu'ils eussent fait une mauvaise capture, il n'y avait guère à craindre qu'un pauvre hère tout déguenillé tel que j'étais, allât leur intenter une action en dommages et réparations. En consequence, ils pressèrent sa seigneurie de seconder leurs bonnes intentions. Ils lui dirent que sans contredit les preuves ne se trouvaient pas aussi décisives contre moi, qu'ils auraient désiré qu'elles le fussent, mais qu'il y avait un bon nombre de circonstances pour me faire regarder comme un homme suspect. Qu'au moment où j'avais été amené devant eux sur le pont du vaisseau, je parlais le plus beau baragouin irlandais qu'il eût jamais été possible d'entendre; et que depuis je l'avais quitté tout d'un coup sans qu'il m'en restât le plus petit accent. Qu'en me fouillant, ils m'avaient trouvé sur moi quinze guinées; et comment un malheureux mendiant, comme je paraissais l'être, aurait-il pu se procurer quinze guinées par des voies honnêtes? Qu'en outre, quand ils m'avaient fait dépouiller, ils avaient vu que, malgré mes haillons, j'avais la peau plus fine et plus unie que ne l'a communément un homme de ma sorte. Enfin, pour quelle raison un pauvre mendiant qui n'avait jamais été de sa vie en Irlande, avait-il besoin de s'embarquer pour ce pays? Qu'il était plus clair que le jour que j'étais un homme dont il fallait s'assurer. Ces raisonnemens, joints à quelques clins d'œil et autres signes d'intelligence entre les plaignans et le juge-de-paix, amenèrent bientôt celui-ci à l'avis des autres. Il prononça qu'il fallait que j'allasse à Warwick où il paraissait que l'autre voleur était gardé à présent, et que je fusse confronté avec lui; qu'alors si le résultat était clair et satisfaisant, je serais acquitté.

Rien ne pouvait être plus terrible pour moi que cette sentence. Moi, qui avais trouvé tout le pays armé contre moi, qui étais exposé à des poursuites si acharnées et si actives, me voir à présent traîné jusques dans le cœur du royaume, sans avoir la faculté de m'arranger selon les circonstances, et sous la garde immédiate de deux officiers de justice; c'était une décision aussi foudroyante pour moi que si j'eusse entendu mon arrêt de mort. Je me récriai fortement contre l'injustice de cette manière de procéder. J'observai au magistrat qu'il était démontré impossible que je fusse l'individu désigné dans le signalement. Il portait un Irlandais, et moi, je n'étais pas Irlandais; il indiquait une personne plus petite que moi, de toutes les circonstances assurément celle où il était le moins possible de tromper. « Il » n'y avait pas le plus léger motif pour » me tenir en arrestation. J'avais déjà eu » le malheur de manquer mon voyage » et de perdre l'argent de mon passage » par l'empressement de ces messieurs à » s'emparer de moi. » J'assurai à sa seigneurie que, dans la situation de mes affaires, le moindre retard était pour moi de la dernière conséquence. Il était impossible de me faire un plus grand tort que de m'envoyer au bout du royaume comme prisonnier, au lieu de me laisser continuer mon voyage.

Toutes mes remontrances furent vaines. Le juge n'était nullement d'humeur à se laisser parler sur ce ton là par un homme qui portait un habit de mendiant. Au milieu de ma harangue, il m'aurait bien imposé silence à cause de l'impertinence de mes discours; mais je parlais avec une volubilité et une chaleur qu'il n'était pas maître d'arrêter. Il fallut donc attendre que j'eusse fini; alors il me dit que tout ce verbiage ne servait à rien du tout et que j'aurais beaucoup mieux fait de me montrer moins insolent. Il était clair que j'étais un vagabond et un homme suspect. Plus je faisais voir d'envie de m'en aller, et plus il y avait de raisons de me serrer de près. Peut-être trouverait-on au bout de tout que j'étais vraiment le criminel qu'on cherchait; si je n'étais pas celui-là, il ne doutait pas que je ne fusse encore pis; quelque braconnier, ou que savait-il? peut-être quelque assassin. Il avait une notion confuse d'avoir vu déjà ma figure dans quelque affaire de ce genre. Il n'y avait pas à en douter, j'étais certainement quelque malfaiteur. Il était laissé à sa discrétion de m'envoyer, comme homme sans aveu, aux travaux de peine, à cause de mon air robuste et des contradictions de mes réponses, ou bien de me faire conduire à Warwick; c'était par la bonté qui lui était naturelle, qu'il avait incliné pour le parti le plus doux. Je pouvais bien être assuré que je ne lui échapperais pas comme cela des mains. Il y avait plus à gagner pour le service de sa majesté, de faire pendre un vaurien tel qu'il me soupçonnait d'être, que de

se

se prendre d'une pitié mal entendue, pour tous les mendians du royaume.

Voyant bien qu'il n'y avait rien à faire pour ce que je désirais obtenir, avec un homme si intimement pénétré de sa dignité et de son importance, ainsi que de ma parfaite nullité, je réclamai au moins la restitution de l'argent qu'on avait pris sur moi. Ceci me fut accordé. Peut-être que sa seigneurie commençait à soupçonner qu'elle avait été trop loin dans ce qu'elle avait déjà fait, et qu'elle en était dès-lors plus disposée à se relâcher sur cette formalité accessoire. Mes conducteurs de leur côté ne s'opposèrent pas à cet acte d'indulgence, pour une raison qui se verra par la suite. Toutefois, le juge ne laissa pas que de s'étendre sur la clémence dont il usait à cet égard. Il n'était pas sûr de ne pas excéder les pouvoirs de sa charge en m'accordant ma demande. Une si grosse somme ne pouvait pas être venue en mes mains par des voies légitimes; mais c'était son caractère d'être toujours porté à adoucir la rigueur littérale de la loi autant qu'il pouvait le faire sans inconvénient.

Il y avait de puissantes raisons pour que ces messieurs qui m'avaient dans le principe pris sous leur garde, préférassent de m'y retenir encore après mon examen subi devant le juge. Chacun est susceptible d'un sentiment d'honneur à sa manière, et ils ne se souciaient pas de s'exposer à la honte qu'ils auraient encourue si on m'eût rendu justice. Chacun aussi est plus ou moins sensible aux charmes du pouvoir ; et ils étaient jaloux que si j'avais à sortir favorablement d'affaire, j'en fusse redevable à leur bonté souveraine, plutôt qu'au mérite de ma cause. Toutefois, ce n'était pas un honneur imaginaire ni un pouvoir stérile après lesquels ils couraient. Non vraiment, ils avaient des vues plus solides et plus profondes. En un mot, quoiqu'ils eussent résolu de me faire sortir de devant le tribunal du juge-de-paix dans le même état que j'y étais entré, c'est-à-dire, en état de prisonnier, cependant en dépit d'eux-mêmes le résultat de l'examen que j'avais subi leur avait fait présumer que j'étais innocent du délit dont ils me chargeaient. Ainsi comprenant bien que dans cette affaire-ci, il n'y avait plus à compter sur les cent guinées offertes pour récompense de la capture du voleur, ils avaient pris le parti de se rabattre sur une petite proie. Ils me conduisirent donc à une auberge, et ayant donné des ordres pour une voiture, ils me prirent en particulier, tandis qu'un d'eux me parla en ces termes :

« Vous voyez bien, mon garçon, de » quoi il retourne; vous venez à War» wick, il n'y a pas à reculer, et, ma » foi, quand vous serez-là, je ne ré» ponds pas de ce qui vous arrivera. » Vous êtes innocent ou vous ne l'êtes » pas, ce n'est pas mon affaire; mais

» mettez que vous soyez innocent, vous » n'êtes pas encore assez de votre pays » pour croire que cela rendra votre » cause tout-à-fait sûre. Vous avez, » dites-vous, des affaires qui vous ap» pellent d'un autre côté, et vous êtes » bien pressé de retourner ; moi, je n'ai » pas le courage de porter préjudice à » un homme dans ses intérêts, quand » je peux faire autrement. Ainsi donc, » voyez-vous, si vous voulez vous dé» faire de vos quinze guinées, c'est une » affaire finie. Elles ne vous sont bonnes » à rien, vous savez qu'un mendiant est » toujours chez lui. Et puis, pour ce » qui est de cela, il ne tenait qu'à nous » de les garder par formalité de justice, » comme vous l'avez bien vu chez le » juge-de-paix. Mais je suis un homme » qui agis par principe, j'aime à faire » les choses rondement et je ne suis pas » pour prendre un schelin mal-à-propos » à qui que ce soit. »

Quelqu'un qui a dans le cœur des

sentimens de morale est souvent disposé à se laisser aller dans l'occasion à son impulsion naturelle à cet égard, sans songer à l'intérêt du moment. J'avoue que le premier mouvement qu'excita en moi cette ouverture, fut celui de l'indignation. Je fus entraîné d'une manière irrésistible à donner carrière à ce sentiment, et à mettre de côté, pour l'instant toute considération de l'avenir. Je repoussai cette basse proposition avec le mépris qu'elle méritait. Ma fermeté surprit extrêmement mes deux gardiens, mais ils regardèrent apparemment au-dessous d'eux de disputer avec moi sur les principes. Celui qui avait porté la parole, se contenta de me répondre : « A la bonne heure, à la bonne heure, » mon garçon, faites comme vous l'en- » tendrez ; allez, vous ne serez pas le » premier qui se sera laissé pendre, pour » ne pas vouloir lâcher quelques gui- » nées. » Ce mot ne tomba pas à terre ; il s'appliquait d'une manière frappante à ma situation actuelle, et il me détermina à ne pas laisser échapper l'occasion qui s'offrait, sans en profiter.

Avec cela, ces messieurs étaient trop fiers pour qu'il y eût lieu à entamer pour le présent un nouveau pourparler sur ce sujet. Ils me quittèrent brusquement, après avoir préalablement donné ordre à un vieillard, qui était le père de l'hôtesse, de rester dans la chambre avec moi, tant qu'ils seraient absens. Ils ordonnèrent au vieillard de fermer la porte pour plus grande sûreté, et de mettre la clef dans sa poche, en même-temps qu'ils eurent soin en descendant d'avertir de l'état dans lequel ils me laissaient, afin que les gens de la maison eussent l'oeil à ce qui sortirait, et prissent garde si je venais à m'échapper. Quelle était leur intention en agissant de cette manière, c'est ce que je ne pourrais pas dire au juste? Vraisemblablement, c'était une sorte de compromis entre leur orgueil et leur avarice;

ils voulaient, pour plus d'une raison, se débarrasser de moi aussitôt qu'ils en auraient la facilité, et dès-lors ils avaient pris le parti de me laisser en particulier, méditer sur la proposition qu'ils m'avaient faite, et d'attendre le résultat de mes réflexions.

CHAPITRE VII.

Ils ne furent pas plutôt sortis que, jetant les yeux sur le vieillard, je trouvai dans sa physionomie quelque chose de singulièrement intéressant et vénérable. Sa taille était au-dessus de la médiocre; on voyait qu'il avait dû être autrefois d'une force extraordinaire, et il était encore très-vert. Il avait beaucoup de cheveux, qui étaient plus blancs que la neige; son teint était vif et brillant de santé, malgré les rides qui sillonnaient son front; il avait l'œil extrêmement animé, et la bonté était peinte au dernier point dans toute sa personne. Une habitude de bienveillance et de sensibilité lui avait tenu lieu de culture, et avait ôté à ses manières la rusticité ordinaire aux gens de sa classe.

Cette vue me fit naître aussitôt une

foule d'idées sur l'avantage que je pouvais tirer de quelqu'un qui m'avait l'air d'un si bon homme. Il n'y avait pas moyen d'espérer de faire un pas sans son consentement, et quand même j'aurais pu réussir à me tirer de ses mains, il ne lui était pas difficile d'appeler les gens de la maison, qui n'étaient pas bien éloignés. Ajoutez que je n'aurais guères pu prendre sur moi de faire violence à une personne qui avait gagné à un tel point mon estime et mon affection, dès le premier coup-d'œil. Dans le vrai, mes pensées étaient dirigées d'un tout autre côté. Je sentis un désir ardent de pouvoir appeler cet homme mon bienfaiteur. Poursuivi par une suite d'infortunes, à peine me regardais-je comme tenant encore au monde. J'étais un être isolé, auquel tout accès à la tendresse, à la compassion, à la bonne volonté de l'espèce humaine était interdit. La situation où je me trouvais pour le moment, m'excitait fortement à me donner une jouissance que ma destinée semblait m'avoir voulu refuser. Je ne voyais aucune comparaison entre l'idée de devoir ma liberté à la bienveillance naturelle d'un digne et excellent homme, et celle de la tenir de la bassesse et de la cupidité des membres les plus méprisables de la société. C'était ainsi qu'au milieu même de l'abîme de maux où j'étais plongé, je me permettais encore des rafinemens de sensibilité et de délicatesse.

Cédant à cette impulsion, je lui demandai de vouloir bien m'écouter sur les circonstances de l'affaire qui m'avait mis dans l'état où il me voyait. Il acquiesça bien vîte à ma demande, et me dit qu'il se ferait un plaisir de m'entendre dans tout ce que je jugerais à propos de lui communiquer. Je lui exposai que les deux hommes qui m'avaient laissé ici sous sa garde, étaient venus à la ville dans le dessein de se saisir de quelqu'un accusé d'avoir volé la malle du courrier ; qu'ils avaient jugé à-propos de mettre la main sur moi en vertu de ce mandat, et qu'ils m'avaient conduit devant un juge-de-paix ; qu'ils s'étaient bientôt aperçus de leur méprise, l'homme en question étant un Irlandais, et ne me ressemblant ni pour le pays, ni pour la taille ; mais que, par collusion entr'eux et le juge, ils se trouvaient autorisés à me retenir en arrestation, et même à me conduire jusqu'à Warwick pour me confronter avec mon prétendu complice ; qu'en me fouillant chez le juge, ils avaient trouvé sur moi une somme d'argent qui excitait leur cupidité, et que tout-à-l'heure ils venaient de me proposer de me rendre la liberté, à condition de leur abandonner cette somme. Dans cet état de choses, je le priais de considérer s'il voudrait se rendre l'instrument d'une si basse extorsion ; que je me mettais à sa merci, et lui attestais sur tout ce qu'il y avait de plus sacré la vérité des faits que je venais de lui exposer ; que s'il voulait favoriser mon évasion, il n'en résulterait pas autre chose sinon, que la cupidité de ces vils escrocs se trouverait frustrée ; que pour rien au monde, je ne voudrais l'exposer à quelque chose qui pût réellement être dangereux pour lui ; mais que je ne doutais pas que le même esprit de générosité qui le portait à faire une bonne action, lui donnerait aussi les moyens de la soutenir quand elle serait faite ; que ceux qui me retenaient, n'auraient pas plutôt perdu leur proie de vue, qu'ils se sentiraient couverts de confusion, et n'oseraient certainement pas pousser plus loin une pareille affaire.

Le vieillard m'écouta avec intérêt et avec un air de curiosité. Il me répondit qu'il avait toujours eu en aversion l'espèce de gens dont j'étais le prisonnier, qu'il répugnait extrêmement à la fonction qu'ils venaient de lui donner, mais que pour obliger sa fille et son gendre, il voulait bien passer par-dessus quelques désagrémens. Que mon air et le ton dont je lui avais parlé, ne lui laissaient pas de doute sur la vérité de mes assertions. Que la demande que je lui faisais était vraiment fort extraordinaire, et qu'il ne pouvait deviner quel motif avait pu me déterminer à la lui faire, et à le juger homme à s'y prêter. Qu'au fait, il avait une façon de penser qui n'était pas comme celle de tout le monde, et qu'il se sentait plus d'à moitié décidé à faire ce que je désirais. Qu'au moins, il exigeait de moi une chose en retour; c'était de lui faire connaître jusqu'à un certain point quel était celui à qui il avait à rendre service; enfin, comment je m'appelais?

Je n'étais pas préparé à cette question. Mais, quelles que pussent en être les conséquences, je ne pouvais me résoudre à tromper celui qui me la faisait, encore moins dans les circonstances où elle m'était faite. C'est une tâche trop pénible que d'être continuellement à mentir. Je répondis que je m'appelais Williams.

Il se tut. Ses yeux se fixèrent sur moi. Il répéta mon nom, et je le vis changer de visage Il poursuivit, avec un air d'inquiétude marquée.

« Mon nom de baptême ? — »

« Caleb. — »

« Bon dieu ! Est-il possible ? . . . » Il me conjura par tout ce qu'il y a de plus sacré au monde de lui répondre fidèlement encore à une seule question. . . .
« Je n'étais pas. . . . Non, cela n'était
» pas possible. . . . le même qui avait
» été autrefois au service de M. Fal-
» kland, de **** ? »

Je répondis que quel que pût être l'objet de sa question, je lui dirais la vérité. J'étais celui même dont il parlait.

Comme je proférais ces mots, le vieillard se leva de dessus son siége. Il était au désespoir que la fortune lui eût été assez contraire pour m'avoir fait trouver devant ses yeux; j'étais un monstre que la terre gémissait de porter.

Je le suppliai de permettre que je lui expliquasse cette dernière méprise, qu'il m'écoutât comme il avait déjà fait; que je ne doutais pas un moment que ce que j'avais à lui dire ne lui parût tout aussi satisfaisant.

Non, non, non! Pour rien au monde, il ne voudrait laisser à ce point salir ses oreilles. Ce cas était bien différent de l'autre. Il n'y avait pas de criminel dans l'univers, pas d'assassin aussi abominable de moitié qu'un homme capable d'une si horrible récrimination, d'une si noire calomnie contre le plus généreux des maîtres.... Rien que ce souvenir mettait le vieillard tout-à-fait hors de lui-même.

A la fin il se calma assez pour me dire qu'il ne se consolerait jamais du malheur d'avoir eu un moment d'entretien avec moi. Il ne savait pas ce que la justice rigoureuse exigeait de lui dans cette circonstance, mais que puisque ce n'était que par mon aveu qu'il avait appris qui j'étais, il répugnait absolument à sa façon de penser de faire usage de cette connaissance à mon préjudice. Que là se terminait toute espèce de relation entre nous ; qu'en vérité ce serait un abus de mots que de me regarder comme un être de l'espèce humaine. Qu'il ne me férait aucun mal, mais aussi que pour rien au monde, il ne voudrait m'aider ni me favoriser en la moindre chose.

L'horreur que j'inspirais à cette bonne et honnête créature, m'affecta à un point que je ne saurais exprimer. Je ne pus me résoudre à me taire ; je tâchai encore à plusieurs reprises d'obtenir de lui qu'il daignât m'entendre. Mais il fut inflexible. Notre débat dura quelque temps, et il le fit cesser à la fin en tirant la sonnette et en appelant le garçon de l'auberge. Très-peu de temps après mes conducteurs rentrèrent, et alors les deux autres se retirèrent.

C'était une des singularités de ma destinée d'être continuellement d'une espèce de tourment et de malheur, précipité aussitôt dans une autre, avec tant de rapidité qu'aucun d'eux n'avait le temps de laisser une impression profonde sur mon ame. En me retraçant mes infortunes, je suis porté à croire que la moitié des épreuves que j'étais destiné à subir, aurait suffi pour m'accabler et m'anéantir. Mais, au milieu de cette foule de maux qui se croisaient sur ma tête, je n'avais pas le moment de la réflexion pour goûter toute leur amertume. Je me trouvais au contraire forcé de les oublier à mesure qu'ils m'atteignaient pour me tenir en garde contre les périls dont j'étais menacé par l'instant qui s'approchait. J'eus le cœur déchiré de la conduite de cet aimable et excellent vieillard envers moi. C'était un épouvantable présage pour tout le reste de ma vie. Mais, comme je viens de l'observer, mes gardiens rentrèrent, et mon attention se trouva impérieusement appelée vers un autre objet. Dans l'excès de mortification que j'éprouvais à ce moment, j'aurais voulu être enfermé dans une solitude impénétrable, et m'ensevelir tout entier dans mon abîme de misère. Mais toute profonde qu'était ma douleur, elle n'avait pas encore assez d'empire pour me faire envisager sans effroi le gibet dont j'étais menacé. L'amour de la vie, et bien plus encore, la haine de l'oppression armait mon cœur contre l'inertie du désespoir. Dans la scène qui venait de se passer, j'avais voulu, comme je l'ai déjà dit, me donner la jouissance d'un rafinement d'honneur et de sensibilité. Mais il était temps de faire cesser cette fantaisie. Il était dangereux de badiner plus long-temps sur le bord de l'affreux précipice, et navré comme je l'étais du résultat de ma dernière tentative, je n'étais guères disposé à d'inutiles préambules. J'étais justement dans la disposition où me voulaient les messieurs qui me tenaient en arrêt. En conséquence nous entrâmes bien vîte en négociation, et après avoir un peu marchandé, ils tombèrent d'accord de recevoir onze guinées pour ma rançon. Néanmoins pour conserver toute l'intégrité de leur réputation, ils voulurent absolument me conduire avec eux pendant quelques milles derrière un carrosse public. Ensuite ils feignirent que la route qu'ils avaient à suivre, les mettait dans la nécessité de prendre un chemin de traverse; et après avoir quitté la voiture, ils me permirent, dès qu'elle fut hors de portée de nous voir, de me débarrasser de leur importune compagnie et d'aller où il me plairait. On peut remarquer en passant que ces aigrefins s'étaient attrapés eux-mêmes dans leurs propres filets. Ils m'avaient d'abord capturé comme une proie qui devait leur rapporter cent guinées ; ensuite ils s'étaient crus trop heureux de composer pour onze; mais, s'ils m'avaient gardé plus long-temps en leur possession, ils auraient retrouvé l'occasion de gagner, d'une autre main, la somme qui les avait mis originairement à ma poursuite.

Les mésaventures qu'avait entraînées mon dernier plan d'échapper à mes persécuteurs en mettant la mer entre eux et moi, me détournèrent de l'idée de recommencer la même expérience. J'en revins donc encore une fois au projet de me cacher, au moins pour le présent, dans la foule immense de la capitale. Cependant, je ne trouvai nullement à propos de me risquer à suivre la grande route, et cela d'autant moins que c'était la direction qu'avaient prise mes deux ci-devant conducteurs; mais je pris mon chemin le long des frontières du pays de Galles. Le seul incident qui vaille ici la peine d'être rapporté, eut lieu à l'occasion d'un dessein que j'eus de traverser la Severne. On passait sur un bac, et par quelque inadvertance dont je ne saurais rendre raison, il m'arriva de perdre ma route si complettement qu'il me fut absolument impossible ce soir là de gagner le bac, et de pousser jusques à la ville où je m'étais proposé de coucher.

Par une fatalité singulière, un aussi petit contre-temps, au milieu de la foule d'idées accablantes qui auraient dû absorber toutes mes facultés, ne laissa pas que de me causer beaucoup d'impatience et de mauvaise humeur. J'étais extraordinairement fatigué ce jour-là. Avant le moment où je m'étais trompé de chemin, ou au moins avant que je e fusse aperçu de ma méprise, le temps 'tait devenu très-bas et très-sombre, et bientôt après, les nuages s'étaient fondus en une pluie battante. Je me trouvais alors au beau milieu d'une plaine, sans arbre ni abri d'aucune espèce pour me couvrir. J'avais été trempé dans un moment. Dans ce fâcheux état, j'avais continué ma marche avec humeur et obstination. De temps à autre, la pluie avait fait place à un orage de grêle. Celle-ci tombant très-gros et très-serré, j'avais été fort mal défendu par le misérable vêtement que je portais, ensorte que je m'étais senti comme si on m'eût coupé dans tous les sens possibles. La grêle avait cessé et avait été suivie encore d'une très-forte pluie. C'était à ce moment que j'avais commencé à m'apercevoir que je m'étais totalement égaré de ma route. Je ne découvrais ni bêtes ni gens, ni habitation d'aucune espèce. J'avais toujours marché, délibérant à tous les sentiers qui s'offraient à moi, quel était celui que je devais prendre, et n'ayant jamais le moyen de trouver une seule raison pour rejeter l'un et préférer l'autre. Toutes ces contrariétés m'avaient désolé au dernier point; je jurais entre mes dents, tout en continuant ma marche; j'étais plein de dégoût de la vie, je la maudissais, ainsi que tout ce qu'elle traîne à sa suite. Enfin, après avoir ainsi erré sans aucune direction certaine, pendant plus de deux heures, j'avais été surpris par la nuit. Aucun chemin frayé ne se présentait à moi, et il n'y avait pas moyen de penser à aller plus loin.

Me voilà donc sans abri, sans nourriture, sans espérance; pas une partie de mon vêtement qui ne fût aussi mouillée que si elle eût été pêchée du fond de la mer. Mes dents craquaient; je tremblais de tous mes membres; j'avais dans le cœur la rage et le désespoir. Tantôt c'était quelque corps dur que je n'avais pas aperçu, contre lequel je me heurtais, et qui me faisait tomber; tantôt c'était un obstacle qui se trouvait devant moi, et qui m'obligeait à revenir sur mes pas.

Il n'y avait pas de liaison directe entre ces contre-temps accidentels et la

persécution que je fuyais, mais dans mon esprit malade toutes ces idées se confondaient. Je maudissais tout le système de l'existence humaine. « Malheu-
» reux proscrit, me disais-je à moi-
» même, meurs donc ici, puisque c'est
» ton sort, par la faim et par le froid.
» Tous les hommes t'abandonnent; tous
» les hommes te détestent. Des menaces
» de mort repoussent de toi toutes les
» sources de l'existence. Monde maudit,
» qui peux haïr sans cause et accabler
» l'innocence sous une masse de cala-
» mités trop dures pour le crime lui-
» même. Monde maudit! monde inexo-
» rable où tous les yeux sont aveugles,
» où tous les cœurs sont de bronze!
» Pourquoi vivre plus long-temps avec
» toi? pourquoi traîner plus loin cette
» déplorable existence au milieu des
» repaires de ces tigres à face hu-
» maine? »

Cet accès de délire se consuma enfin de lui-même. Bientôt après je découvris une

une espèce de toit solitaire où je me trouvai heureux de prendre un abri. Dans un coin de cet asyle, il y avait un peu de paille fraîche. Je me débarrassai de mes guenilles et les plaçai de manière à ce qu'elles pussent sécher; puis m'enfonçant dans la paille, je me sentis bientôt enveloppé d'une chaleur douce et bienfaisante. Là je perdis par dégrés le sentiment de mes maux. C'est peu de chose en apparence qu'un abri et de la paille fraîche, mais ces biens s'étaient offerts à moi au moment où je les attendais le moins, et ils avaient porté la joie dans mon cœur. Quoique en général accoutumé à un sommeil extrêmement court, il arriva cette fois que, par suite de la grande fatigue d'esprit et de corps que j'avais essuyée, je dormis jusques à près de midi du lendemain. Quand je fus levé, je trouvai que je n'étais pas à une grande distance du bac; je le passai et entrai dans la ville où j'avais eu l'intention de coucher la nuit précédente.

C'était jour de marché. Comme je passais près de la place, j'aperçus deux hommes qui me fixaient avec beaucoup d'attention, après quoi un deux s'écria: « je veux être pendu si je ne crois pas » que voilà le drôle que cherchaient » ces hommes qui viennent de partir » il y a une heure, par la voiture » de. . . . » Cette remarque me donna une furieuse allarme; je doublai aussitôt le pas, et au premier détour, j'enfilai bien vîte une ruelle étroite qui s'offrit à moi. Dès que je fus hors de la portée de la vue, je me mis à courir de toutes mes forces, et je ne me crus en sûreté, que lorsque je fus à plusieurs milles de distance de l'endroit où cette observation avait frappé mon oreille. J'ai toujours pensé que les hommes auxquels elle avait rapport étaient ces deux officiers de justice qui m'avaient arrêté à bord du vaisseau qui devait me transporter en Irlande ; qu'ils avaient trouvé, par quelqu'accident, le signalement de ma personne, tel que M. Falkland l'avait fait publier, et que le rapprochement des diverses circonstances les avait amenés à croire que la personne désignée dans ce signalement était précisément l'individu qu'ils venaient d'avoir en leur puissance. Dans le fait, c'était une extrême imprudence de ma part dont il m'est impossible de dire à présent la cause, d'avoir gardé toujours le même déguisement, sans y rien changer, après les indices multipliés qui avaient concouru dans cette affaire à leur faire présumer que je me trouvais dans des circonstances très-particulières et très-critiques. Je n'avais échappé cette dernière fois que par un bonheur inoui. Si, par suite de l'orage et de la grêle du soir précédent, je n'eusse pas perdu ma route, ou même si, le matin, je ne me fusse pas laissé retenir si tard par le sommeil, je serais infailliblement tombé entre les mains de ces infâmes chasseurs d'hommes.

La ville à laquelle ils avaient résolu de s'arrêter, et dont j'avais ainsi appris le nom dans la place du marché, était la même ville où, sans cet utile avertissement, j'allais moi-même me rendre immédiatement; mais au moyen de ceci, je pris le parti de m'éloigner le plus possible de cette route. Au premier endroit où j'arrivai, et où la chose fut praticable, j'eus soin de faire emplette d'une casaque que je passai par-dessus ma livrée de mendiant, et d'un chapeau que je rabattis sur ma figure. Je couvris un de mes yeux d'un morceau de taffetas vert; j'ôtai le mouchoir que j'avais sur ma tête, et je l'attachai autour du bas de mon visage, de manière à me couvrir la bouche. Je me débarrassai insensiblement de toutes les différentes parties de mon premier accoutrement; et pour mon vêtement de dessous, je m'affublai d'une espèce de souquenille de voiturier, qui, n'étant pas très-mauvaise, me donnait assez bien l'air du fils d'un honnête laboureur de la dernière classe. Dans cet équipage, je poursuivis mon voyage, et après mille inquiétudes, mille précautions et mille circuits, j'arrivai sain et sauf à Londres.

CHAPITRE VIII.

Ce fut là le terme où vint aboutir une longue carrière de travaux dont la perspective eût jeté dans le désespoir l'ame la plus intrépide, et qu'il eût été impossible d'envisager encore sans effroi, après l'avoir parcourue. C'était à un prix au-dessus de tous les calculs humains que j'avais acheté ce lieu de repos; soit que l'on considère les efforts qu'il m'avait fallu faire pour franchir les murs de ma prison, soit que l'on passe en revue cette immensité d'anxiétés et de périls auxquels j'avais été en proie depuis cette époque.

Mais pourquoi appelé-je un lieu de repos, celui où j'étais alors ? Hélas ! ce fut pour moi précisément le contraire. Ma première et ma plus importante affaire fut de repasser tous les projets de déguisement que j'avais pu imaginer jusqu'alors, de chercher à tirer tout le parti possible de ce que la pratique m'avait donné d'expérience à cet égard, et d'ourdir pour m'envelopper un voile plus impénétrable que jamais. C'était un genre d'effort auquel je ne voyais pas de terme. Dans les cas ordinaires, la clameur publique excitée contre un prétendu malfaiteur, ne dure qu'un certain temps; mais ce n'était pas d'après les cas ordinaires que le génie colossal de M. Falkland était fait pour être jugé. Par la même raison, Londres qui paraît être pour la majorité des hommes un réservoir inépuisable de moyens et de ressources pour se dérober aux recherches, ne pouvait pas s'offrir à moi sous cet aspect consolant. Si la vie valait la peine que je l'acceptasse à de telles conditions, c'est sur quoi je ne puis prononcer. Tout ce que je sais, c'est que je m'attachai avec persévérance à déployer toutes mes facultés vers le but que je m'étais proposé, et que j'embrassai cette résolution par une suite de l'affection paternelle que les hommes ont ordinairement pour les productions de leur intelligence ; plus j'avais consommé de pensées et d'efforts de génie pour amener mon projet au point de perfection où il était, moins j'étais disposé à l'abandonner. Un autre motif qui ne m'animait pas avec moins d'ardeur à la poursuite de mon dessein, c'était cette aversion que je sentais toujours croître dans mon ame contre l'injustice et le pouvoir arbitraire.

Le premier jour de mon arrivée à la capitale, je me retirai dans une petite auberge du faubourg de Southwark, quartier que j'avais préféré à cause de son éloignement de la province d'où je venais. J'entrai dans cette auberge sur le soir, dans mon habit de paysan, et ayant payé pour mon logement avant de me coucher, dès le lendemain matin, autant que ma garde-robe me le permit, je me fis l'accoutrement le plus différent possible de celui de la veille, et je quittai le logis avant le jour. Je pliai ma souquenille en un petit paquet, et l'ayant emportée avec moi à une distance qui me parut suffisante, je la laissai dans le coin d'une allée que j'eus à traverser. Ensuite mon premier soin fut de me pourvoir d'un autre ajustement, qui ne ressemblât en rien à ceux dont j'avais fait usage jusqu'à ce moment. L'extérieur que je me décidai à me donner cette fois, ce fut celui d'un juif. Nous avions dans la forêt, un de nos voleurs qui était de cette nation, et le talent que j'ai, comme je l'ai déjà annoncé pour l'imitation, me mit à même de contrefaire assez bien la manière dont les juifs prononcent l'anglais pour pouvoir me tirer d'affaire dans toutes les occasions qui pourraient se présenter. Une des précautions préliminaires que je ne négligeai pas, ce fut de me rendre à un quartier de la ville où ils demeuraient en grand nombre, et d'y étudier leur mine et leur maintien. Après avoir ainsi fait ma provision, et m'être aussi bien préparé que la prudence pouvait l'exiger, je m'en allai chercher un lit dans une auberge, du côté de Mile-end et Wapping. Là, j'endossai mon nouvel équipage, et après avoir pris les mêmes précautions que la dernière fois, je quittai ce logement à l'heure où il y avait le moins de risque d'être vu. Il serait assez superflu de décrire ici mon nouvel habillement dans tous ses détails. Il suffira de dire qu'un de mes soins fut de changer tout-à-fait la couleur de mon visage, et de lui donner cette teinte livide et obscure, qui est la plus ordinaire aux gens de la caste que j'avais adoptée; et quand ma métamorphose fut achevée, après m'être bien examiné dans tous les sens, il me fut impossible de m'imaginer que qui que ce fût s'avisât jamais de déterrer sous ce nouveau déguisement, la personne de Caleb Williams.

Quand je fus une fois avancé jusqu'à ce point dans l'exécution de mon plan, je trouvai à propos de me procurer un logement, et de changer mon allure jusqu'ici toujours errante pour un genre de vie sédentaire. Dans ce logement, je me tins renfermé constamment depuis le lever du soleil jusqu'à son coucher; je sortais seulement quelques instans pour prendre l'air, et me donner un peu d'exercice, encore était-ce de nuit. Quoique logé au plus haut étage, je poussais la précaution jusqu'à ne pas m'approcher de ma fenêtre; enfin je m'étais fait la maxime de ne pas m'exposer inconsidérément et sans nécessité à un risque, quelque léger qu'il pût paraître. A ce moyen, je vins à bout de m'ensevelir, à ce qu'il semblait, dans une profonde obscurité, et de me séquestrer des poursuites et du commerce des humains. Cette obscurité, toutefois avait peu de ressemblance avec celle dont je m'étais formé l'image avec tant de plaisir, quand j'étais encore dans la prison de ***. Certes, il y a une grande différence entre la solitude champêtre où l'homme repose tranquillement sa tête au sein de la verdure et de la paix des campagnes, et entre cette vie retirée au centre même de l'action et du mouvement, où le bruit et l'inquiétude vous assiégent sans cesse, et où vous travaillez dans un effroi continuel, à vous soustraire à l'œil de votre semblable.

Je me serais regardé encore bien plus sûrement caché, si j'avais possédé de quoi subsister. La nécessité de gagner ma vie par mon travail, était un obstacle au plan de retraite et d'obscurité que j'étais condamné à suivre. Quelque genre de travail que j'adoptasse, ou pour lequel je me trouvasse propre, la première chose à examiner, était de savoir comment je viendrais à bout d'avoir de l'occupation, et où je trouverais quelqu'un pour m'employer, ou bien pour acheter le produit de mon travail. En même-temps, je n'avais pas d'alternative. Le peu d'argent qui était échappé à la rapacité des sbires était presque tout dépensé.

Après avoir considéré la question sous toutes ses faces, avec toute la maturité possible, je décidai que la littérature serait la carrière où je risquerais mes premières tentatives. J'avais vu dans mes lectures, qu'il avait été gagné beaucoup d'argent à ce métier, et que des spéculateurs en ce genre de marchandises, donnaient un gros prix à ceux qui étaient bons ouvriers. Je n'évaluais pas mes talens bien haut. Je ne me dissimulais pas que l'expérience et la pratique sont nécessaires pour frayer la route aux bonnes productions. Mais si ces deux maîtres me manquaient absolument, au moins mon penchant naturel m'avait-il toujours porté vers cette carrière, et une soif d'instruction que j'avais sentie dès ma première jeunesse, m'avait rendu les livres beaucoup plus familiers qu'on n'aurait pu peut-être l'attendre de ma position. Si mes prétentions à la palme littéraire étaient petites, je ne comptais pas non plus les faire payer bien cher. Je ne voulais que subsister, et j'étais convaincu qu'il n'y avait guères de personnes en état de vivre à aussi peu de frais que moi. Je considérais aussi que ceci n'était qu'une ressource temporaire dont je n'aurais à faire usage que jusqu'au moment où le temps et les événemens me permettraient de me placer plus avantageusement. Les motifs qui me décidèrent sur-tout à fixer ainsi mon choix, furent que cet emploi était celui qui exigeait de ma part le moins de préparatifs, et qu'aussi, à ce que je m'imaginais, c'était celui que je pouvais exercer avec le moins de risques d'être observé.

Dans la maison où je logeais, il y avait une femme de moyen âge, qui vivait seule dans une chambre sur le même palier que moi. Je ne fus pas plutôt déterminé sur la direction que je donnerais à mon industrie que je jetai les yeux sur cette femme comme sur un tiers qui pourrait me servir pour la vente de mes productions. Dans l'état d'exclusion où j'étais de tout commerce avec mes semblables en général, je trouvais du plaisir à échanger de temps en temps quelques paroles avec cette excellente personne qui était de la meilleure humeur du monde, et déjà d'un âge à écarter tout scandale. Elle vivait d'une petite pension que lui faisait une femme de qualité, sa parente éloignée qui, riche à millions, n'avait sur le compte de celle-ci qu'une seule inquiétude, c'est qu'elle ne s'avisât de déshonorer son alliance par l'exercice de quelque honnête industrie. Il n'y avait pas de caractère plus uniformément gai et actif que celui de cette bonne créature qui se trouvait exempte en même temps des soucis de la richesse et de l'oppression de la misère. Quoiqu'elle ne prétendît guères à l'esprit, et qu'elle eût peu d'instruction et d'acquit, avec cela elle ne manquait pas du tout de pénétration. Elle voyait d'un œil éclairé les fautes et les sottises des hommes; mais son humeur était d'une nature si douce et si indulgente, que beaucoup de gens en auraient inféré qu'elle n'apercevait rien de tout cela. Il y avait dans son cœur un excès de bonté et de bienveillance qui ne cherchait qu'à s'épancher. Elle était sincère et vive dans son affection, et ne laissait jamais passer l'occasion d'obliger quelqu'un. Dès que je lui témoignai ce que je désirais d'elle, je lui trouvai de la bonne volonté et même de l'empressement à s'en charger. Pour prévenir tout soupçon qui aurait pu naître dans son esprit, je lui dis franchement que pour des raisons qu'elle me pardonnerait sûrement de ne pas dire, mais qui ne m'ôteraient rien de sa bonne opinion, si elle les connaissait, je me trouvais quant à présent dans la nécessité de me tenir tout-à-fait retiré. Je n'eus pas besoin de m'expliquer davantage, et elle me répondit qu'elle ne désirait pas en apprendre plus que je ne jugerais à propos de lui en dire.

Mes premières productions furent dans le genre poétique. Quand j'eus achevé deux ou trois pièces, je les remis à cette généreuse amie, pour les porter à un bureau de journal; mais elles furent refusées avec mépris par l'aristarque du lieu qui, après avoir jeté un coup-d'œil superficiel sur mes vers, fit réponse que ce n'était pas là ce qu'il lui fallait. Je ne puis m'empêcher de dire ici que la contenance de madame Marney (c'était le nom de mon ambassadrice), était, dans tous les cas, une indication parfaite de l'issue de son message, et qu'on était dispensé de lui demander aucune explication de vive voix. Elle se livrait à tout ce qu'elle entreprenait avec un dévouement si entier, et elle y prenait un tel intérêt, qu'elle était bien plus vivement affectée que moi-même du bon ou du mauvais succès. Pour moi, j'avais dans mes ressources une confiance qui me rassurait, et occupé comme je l'étais de réflexions d'une nature bien autrement intéressante, je regardais tous ces petits contre-temps avec une parfaite indifférence.

Je repris tranquillement mes pièces de vers et les remis sur ma table. Après les avoir revues, j'en corrigeai et recopiai une que je joignis avec deux autres pour faire offrir le tout à l'éditeur d'une feuille périodique. Celui-ci demanda qu'on les lui laissât pendant deux jours. Au jour convenu, il fit réponse à mon amie qu'il insérerait mes vers dans sa prochaine feuille; mais madame Marney lui ayant fait quelque question sur le prix, il répliqua que sa règle constante était de ne rien donner pour les ouvrages en vers, qu'il trouvait journellement sa boîte pleine de ces sortes de productions; mais que si l'auteur voulait essayer son talent pour la prose, par quelque morceau de littérature ou quelque petit conte, il verrait ce qu'il pourrait faire pour lui.

Je me soumis sur-le-champ à cette réquisition de mon dictateur littéraire. Je me mis à composer une feuille dans le genre du spectateur d'Addisson, et elle fut acceptée. Au bout de peu de temps, je me trouvai en relation tout-à-fait établie avec le bureau. Toutefois je me défiai de l'abondance de mes ressources en recherches morales, et mes pensées se tournèrent bientôt vers le conte qui était l'autre genre de production que m'avait suggérée mon directeur. Pour suffire à ses demandes qui se multipliaient de plus en plus, et pour faciliter mon travail, j'employai la ressource des traductions. Je n'avais guères la commodité de me procurer des livres; mais comme j'avais la mémoire excellente et bien fournie, il m'arrivait souvent de traduire ou d'imiter des fictions que j'avais lues quelques années auparavant. Par une fatalité dont je ne saurais trop rendre raison, mon imagination se portait le plus ordinairement sur les histoires des fameux voleurs, et de temps en temps je fournissais à mon entrepreneur des incidens et des anecdotes de Cartouche, de Gusman d'Alfarache et d'autres mémorables personnages qui ont terminé à la potence ou sur l'échaffaud leur illustre carrière.

CHAPITRE IX.

Tandis que je tâchais ainsi de m'occuper et de pourvoir à mes besoins, en attendant que la violence des poursuites excitées contre moi pût être un peu calmée, je me vis assaillir par une nouvelle source de dangers à laquelle je ne songeais pas. Gines, ce voleur qui avait été chassé de la bande du capitaine Raymond avait toute sa vie été flottant entre les deux professions d'ennemi et d'agent de la justice. Je crois que dans le principe il s'était dévoué à la première, et vraisemblablement son initiation dans les secrets du métier des voleurs l'avait rendu singulièrement expert dans l'art de les déterrer, emploi qu'il avait adopté par nécessité plutôt que par choix. Il avait acquis dans cette profession une brillante réputation, quoiqu'elle fût peut-être encore au-dessous de son mérite, car il en est de ce département comme de tous les autres de la société, quelque prudence et quelque habileté que puissent déployer les subalternes, les chefs en remportent presque toute la gloire. Il exerçait ses talens en ce genre avec les plus beaux succès, quand, par je ne sais quel accident, il arriva qu'un ou deux de ses exploits, dont la date était antérieure à l'époque où il avait quitté la bannière du brigandage illégal, furent dans le cas d'attirer un peu trop l'attention publique. Sur les avis réitérés qu'il en reçut, il jugea qu'il était prudent de décamper, et c'était pendant cette période de retraite qu'il était entré dans la troupe de ***.

Telle était l'histoire de cet homme avant qu'il eût été placé dans le poste où je l'avais rencontré pour la première fois. A l'époque de cette rencontre, il était déjà un des vétérans de la bande du capitaine Raymond; car les voleurs étant un peuple dont la vie est de courte durée, il ne faut pas beaucoup de temps pour parvenir chez eux à la dignité de vétéran. Après son expulsion de la compagnie, il revint à sa profession légale, et il fut reçu dans ce bercail par ses anciens camarades avec joie et félicitation, comme une brebis égarée. Dans les classes vulgaires de la société, le laps de temps ne suffit pas pour effacer un crime, mais dans cette respectable confrairie, c'est une maxime reçue, de ne jamais exiger d'aucun des frères compte de sa conduite, quand il est possible de s'en dispenser. Une autre maxime observée par ceux qui ont passé par les mêmes grades que Gines avait parcourus, maxime que Gines lui-même avait adoptée, c'est de réserver toujours pour les derniers ceux qui ont été complices de leurs expéditions, et de ne jamais s'attaquer à eux, à moins de grande nécessité ou de quelqu'amorce très-puissante. Par cette raison, le capitaine Raymond et ses associés, selon le système de tactique suivi par Gines, étaient à l'abri de ce qu'il appelait ses représailles.

Mais quoique Gines eût des principes d'honneur, en prenant le mot dans ce sens, malheureusement je me trouvais dans un cas qui était hors des lois de l'honneur qu'il jugeait à propos de reconnaître. L'infortune m'enveloppait de toutes parts, et me refusait toute espèce de protection ou de réfuge. J'étais poursuivi, sur la supposition que j'avais commis un vol capital, montant à une somme énorme. Mais Gines n'avait nullement participé au vol qu'on m'imputait, il se souciait fort peu que la supposition fût vraie ou fausse, et il me haïssait aussi cordialement que si mon innocence eût été établie de manière à ne pas laisser jour au plus léger soupçon.

Les deux aigrefins qui m'avaient arrêté à . . . . . rapportèrent à leurs confrères, suivant l'usage, une partie de l'aventure, et ils parlèrent des raisons qu'ils

avaient

avaient de présumer que l'individu qui leur avait passé par les mains, était ce même Caleb Williams pour la capture duquel était offerte une récompense de cent guinées. Gines, qui était doué d'une sagacité supérieure dans ce qui avait rapport à sa profession, avait comparé les faits et les dates, et en avait inféré le soupçon que la personne attaquée et blessée par lui dans la forêt de..... était ce Caleb Williams. Il nourrissait une haine implacable contre cette personne. J'étais la cause innocente de ce qu'il avait été chassé honteusement de la troupe du capitaine Raymond; et Gines, à ce que j'ai su depuis, était intimement convaincu qu'il n'y avait pas la moindre comparaison à faire entre la noble et vaillante profession de voleur dont je l'avais fait sortir, et le métier bas et mécanique auquel il s'était vu forcé de retourner. A peine eut-il reçu l'avertissement dont je viens de parler, qu'il jura de contenter sa vengeance.

Il se décida à abandonner tout autre objet, et à consacrer toutes les facultés de son intelligence à découvrir le lieu de ma retraite. La récompense offerte, que sa vanité lui faisait déjà regarder comme immanquable, lui semblait une indemnité suffisante de ses peines et de ses dépenses. Ainsi j'avais contre moi toute l'habileté qu'il possédait en ce genre, aiguisée encore et stimulée par l'esprit de vengeance dans une ame qui ne connaissait aucun frein d'humanité ni de conscience.

Le premier pas qu'il fit pour exécuter son projet, ce fut de s'en aller au port de mer où j'avais été arrêté. De-là, il suivit ma trace jusques aux bords de la Severne, et des bords de la Severne jusqu'à Londres. Il n'est pas besoin, je pense, d'observer que rien n'est moins impossible, quand le fugitif n'a pas couvert sa marche par des précautions à-la-fois parfaitement bien conçues et secondées par le plus grand bonheur dans l'exécution, surtout si son adversaire est aiguillonné par des motifs assez puissans pour mettre toute la persévérance possible dans sa poursuite. Gines, il est vrai, fut souvent obligé, dans le cours de ses recherches, de faire de doubles marches; et comme le chien de chasse, l'emblême véritable de l'homme qui se livre à ce cruel emploi, toutes les fois qu'il se trouvait en défaut, il retournait à la place où il avait senti la dernière trace de la proie qu'il avait résolu d'exterminer. Il n'épargnait ni temps, ni peine pour satisfaire la passion à laquelle, par choix, il s'était abandonné tout entier.

A compter de mon arrivée à la capitale, il avait tout-à-fait perdu ma piste pour un moment, Londres étant un endroit si immense dans toutes ses dimensions, qu'il était assez à supposer qu'un individu y trouverait le moyen de demeurer parfaitement caché et inconnu. Mais j'avais là un nouvel adversaire qu'aucune difficulté n'était capable de décourager. Il alla d'auberge en auberge, supposant avec raison qu'il n'y avait pas de maison particulière où j'eusse pu trouver retraite sur-le-champ, jusqu'à ce qu'à la fin, par les renseignemens qu'il donna et les sentimens qu'il chercha à exciter, il parvint à savoir que j'avais couché une nuit dans le faubourg Southwarck. Mais il ne put pas en apprendre davantage. Les gens de l'auberge n'avaient pas la moindre connaissance de ce que j'étais devenu le lendemain matin. Néanmoins, cela ne fit que l'animer encore plus à ma poursuite. Il devenait dès-lors plus difficile de me dépeindre, à cause du changement partiel que j'avais fait dans mon habillement le second jour de mon arrivée à Londres. Mais Gines vint encore à bout de surmonter cet obstacle. Ayant suivi ma trace jusqu'à ma seconde auberge, il obtint là des renseignemens plus étendus. J'avais été un objet de spéculation pour les momens de loisir de quelques-uns des gens attachés à cette maison. Une vieille femme, de l'espèce la plus curieuse et la plus bavarde, qui demeurait vis-à-vis, et qui s'était levée de très-bonne heure, ce même matin, pour faire sa lessive, m'avait vu par sa fenêtre, à la lueur d'une grosse lampe qui pendait au-devant de l'auberge, au moment où je passais la porte. Elle n'avait pu m'observer que très-imparfaitement, mais elle se figurait néanmoins qu'il y avait dans mon air quelque chose de juif. Elle avait coutume de tenir tous les matins avec l'hôtesse une conversation à laquelle assistaient de temps en temps les garçons et les filles de l'auberge. Dans le cours de la conférence qui avait eu lieu dans cette matinée, elle avait fait quelques questions sur le juif qui avait couché la veille dans la maison. On n'avait pas eu de juif à coucher ; la curiosité de l'hôtesse avait été excitée à son tour. D'après l'heure, ce ne pouvait pas être un autre que moi. Voilà une aventure vraiment fort étrange ! On avait comparé ensemble les différentes remarques sur mon air et sur mon habillement. Jamais deux choses n'avaient eu moins de rapport. Toutes les fois qu'il y avait entre ces commères disette de nouvelles pour entretenir leur babil, c'était le juif-chrétien qui revenait sur le tapis, et qui fournissait matière à la conversation.

Les informations que Gines avait recueillies dans cet endroit paraissaient d'une grande conséquence; mais pourtant il se passa quelque temps sans qu'elles tinssent tout ce qu'elles avaient semblé promettre. Il ne pouvait pas s'introduire dans chacune des maisons particulières où on recevait du monde pour loger, avec la même facilité qu'il l'avait fait dans les auberges. Il parcourait toutes les rues, et il examinait de l'œil le plus curieux et le plus attentif l'air et la démarche de tous les juifs qui se trouvaient à-peu-près de ma taille, mais en vain. Il se rendait souvent à Dukes-Place; il fréquentait les synagogues. Ce n'est pas que dans le fait il espérât réellement me trouver dans ces différens endroits; mais c'était des moyens qu'il employait faute d'autres, et en désespoir de cause. Plus d'une fois, il fut sur le point d'abandonner l'entreprise; mais son insatiable soif de vengeance l'y rappelait toujours.

Son esprit était dans cet état de trouble et d'irrésolution, lorsqu'il s'avisa d'aller un jour rendre visite à un frère qu'il avait, premier ouvrier dans une imprimerie. Il y avait peu de commerce entre ces deux personnes dont les inclinations et les habitudes n'avaient pas le moindre rapport. L'imprimeur était sage, laborieux et porté à amasser. Il était extrêmement mécontent de la conduite et du genre de vie de son frère, et il avait fait des efforts inutiles pour l'en retirer. Mais, malgré cette grande différence dans leur façon de penser respective, ils se voyaient quelquefois. Gines aimait à faire parade de ses exploits, au moins de tous ceux dont il osait risquer le récit, et son frère était un auditeur de plus à joindre à ceux auxquels il avait coutume de raconter ses prouesses. Les saillies piquantes et les anecdotes singulières dont la conversation de Gines était remplie, amusaient beaucoup l'imprimeur, et malgré sa bigoterie et ses préjugés, il ne pouvait se défendre d'un secret plaisir d'être le frère d'un homme aussi extraordinaire par son adresse et son courage.

Après avoir écouté cette fois, pendant un certain temps, les récits merveilleux que Gines faisait à sa manière, l'imprimeur se sentit le désir d'amuser aussi à son tour son frère par quelque conte. Il se mit donc à lui débiter quelques-unes de mes histoires de Cartouche et de Gusman d'Alfarache. Elles piquèrent l'attention de Gines. Son premier mouvement fut de la surprise; le second fut de la jalousie et du dépit. Où l'imprimeur avait-il pu apprendre de pareils histoires? On satisfit à sa question. « Je

» vous dirai, dit l'imprimeur, que pas
» un de nous ne sait que penser de
» l'auteur qui nous fournit ces articles.
» Il écrit en vers, en morale, en his-
» toire; je suis imprimeur et correc-
» teur d'épreuves, et, sans vanité, je
» crois que je puis me flatter de me
» connaître assez passablement à toutes
» ces choses-là : à mon avis, il écrit
» dans tous ces différens genres avec
» beaucoup de finesse, et pourtant
» croiriez-vous que ce n'est pas autre
» chose qu'un juif. »

Aux yeux de mon honnête imprimeur c'était une chose aussi étrange que si ces ouvrages eussent été faits par quelque chef de Cherokées aux bords du Mississipi.

— « Un juif! et d'où le connaissez-
» vous? l'avez-vous jamais vu? »

— « Non; c'est une femme qui nous
» a toujours apporté jusqu'à présent ces
» articles. Mon maître ne peut pas souf-
» frir le mystère, il aime à voir ses

» auteurs; aussi ne cesse-t-il de tourner
» et retourner la vieille de toutes les
» manières, mais il ne peut jamais en
» tirer la moindre chose, si ce n'est
» qu'un jour il lui échappa de dire que
» le jeune auteur était juif. »

Un juif! un jeune auteur! un homme qui ne traite que par tierce personne et qui se cache aux yeux de tout le monde! Quelle ample matière pour les soupçons et les conjectures de Gines! Il y fut encore confirmé, sans se rendre compte de la suite de ses idées, par le sujet de mes productions, qui étaient, comme je l'ai dit, des histoires d'hommes dont les jours avaient été terminés par la main du bourreau. Il n'en dit pas davantage à son frère, si ce n'e t qu'il lui demanda d'un air indifférent quelle espèce de femme c'était, de quel âge elle pouvait être, et si elle lui apportait souvent des ouvrages de ce genre; et bientôt après il prit occasion de s'en aller.

Cet avis inespéré fut reçu par Gines avec une extrême joie. Ayant recueilli de la bouche de son frère des renseignemens suffisans sur l'air et la personne de madame Marney, et apprenant qu'elle devait apporter quelque chose le lendemain, il prit son poste de très-bonne heure dans la rue, afin de ne pas courir le risque de manquer l'occasion. Il attendit plusieurs heures, mais ce ne fut pas pour rien. Madame Marney parut effectivement ; il guetta sa sortie, et après environ vingt minutes il la vit se mettre en chemin pour retourner. Il la suivit de rue en rue ; à la fin il la vit entrer dans une maison particulière, et il commença à se féliciter en lui-même d'être enfin arrivé au terme tant désiré de ses travaux.

La maison où elle était entrée, n'était cependant pas celle où elle demeurait. Par un hasard qui tient du prodige elle avait observé que Gines la suivait dans la rue. En revenant chez elle, elle avait vu une femme qui se trouvait mal ; mue par la compassion qui lui était si naturelle, elle s'était approchée de la malade pour lui prêter du secours. Aussitôt la foule les avait entourées. Madame Marney, après avoir fait tout ce qu'elle pouvait dans la circonstance, avait cherché à reprendre le chemin de son logis. Voyant la foule autour d'elle, elle avait songé aux filoux, et avait mis ses deux mains sur ses poches, en promenant en même-temps ses regards sur le monde qui l'environnait. Elle avait quitté brusquement ce cercle de populace, et Gines, qui de peur de la perdre dans la foule, avait été obligé de l'approcher davantage, était à ce moment précisément vis-à-vis d'elle. Il avait une figure singulièrement remarquable. Toute l'astuce de la méchanceté et l'intrépidité de l'impudence étaient écrites sur chaque trait de son visage ; et sans être philosophe ni physionomiste, madame Marney en avait été fortement frappée. Cette bonne dame, comme la plupart des personnes vives et agissantes, avait une manière particulière de gagner sa maison; au lieu de suivre les rues, elle enfilait une quantité de petites ruelles et de passages compliqués, qui tournaient quelquefois brusquement de l'un dans l'autre. Dans un de ceux-ci elle avait rencontré par hasard l'œil de ce même homme dont l'aspect l'avait frappée et qui semblait ne pas la perdre de vue. Cette circonstance, jointe à l'air singulier qu'elle lui trouvait, lui avait fait naître des inquiétudes. Cet homme n'était-il pas occupé à la suivre? C'était le milieu du jour, et elle n'avait rien à craindre pour elle personnellement. Mais ceci ne pouvait-il pas avoir quelque rapport à moi? Elle s'était rappelé les précautions et le mystère dont je m'enveloppais, et ne doutait pas que je n'eusse de fortes raisons pour en agir ainsi. Elle se souvenait bien d'avoir toujours été sur ses gardes à mon sujet; mais y avait-elle été suffisamment? Elle sentait que si jamais il lui arrivait d'être la cause qu'il m'arrivât un malheur, elle ne s'en consolerait de sa vie. Elle s'était donc déterminée par manière de précaution et crainte de pire, d'entrer dans la maison d'un de ses amis, et de me faire parvenir un mot d'avis de ce qui lui était arrivé. Aussitôt donc qu'elle eût eu donné à cet ami les instructions nécessaires, elle sortit sur-le-champ pour aller faire visite à quelqu'un dans un quartier directement opposé, après avoir recommandé au messager qu'elle m'envoyait, de ne partir pour faire sa commission auprès de moi que cinq minutes après son départ. Par cette conduite prudente, elle me tira entièrement du danger qui me menaçait alors.

Cependant l'avertissement qui me fut apporté ne me donna nullement à connaître toute la conséquence du péril que j'avais à redouter. Pour tout ce que je pouvais y voir, les circonstances me paraissaient fort indifférentes, et il me semblait que toute la frayeur ne procédait que de l'extrême prévoyance et de la trop vive affection de cette excellente femme. Tel était néanmoins le malheur de ma situation, que je n'avais pas à choisir. Que ma tranquillité fût ou non menacée par cet événement, je me voyais obligé d'abandonner en un instant mon habitation, sans prendre avec moi autre chose que ce que je pouvais emporter dans mes mains; de renoncer à voir davantage ma généreuse bienfaitrice; de laisser là tous mes arrangemens et mes petites provisions; d'aller encore, dans quelque retraite isolée, recourir à de nouveaux projets, et chercher à faire, si je pouvais raisonnablement l'espérer, un nouvel ami. Je descendis dans la rue avec le cœur gonflé, mais avec mon parti bien pris. Il était grand jour. « Je crains, me » disais-je, qu'il n'y ait en ce moment » des personnes qui rodent dans les rues

» pour me chercher ; il est très-possible » qu'elles dirigent leurs poursuites dans » une autre route que la mienne, mais » je ne dois pas me fier à cette chance. » Je traversai donc une demi-douzaine de rues, et me glissai ensuite dans une espèce de gargotte où l'on donnait à manger à bas prix. J'y pris quelque nourriture, et après y avoir passé plusieurs heures dans de profondes et tristes réflexions, je finis par demander un lit. Néanmoins, dès qu'il fit sombre, je sortis pour acheter l'attirail d'un nouveau travestissement, ce qui était absolument indispensable. Après l'avoir ajusté, pendant la nuit, du mieux qu'il me fut possible, je quittai ce lieu avec les mêmes précautions que j'avais déjà prises en pareil cas.

CHAPITRE X.

Je me pourvus d'un nouveau logement. Par je ne sais quelle fantaisie de l'imagination qui aime à se créer des sujets d'allarme, je me sentis porté à croire en définitif que la frayeur qu'avait eue madame Marney n'était pas sans fondement. Avec cela, j'étais absolument hors d'état de faire la moindre conjecture sur la manière dont ce nouveau péril avait pu m'approcher, et dès-lors je ne pouvais recourir qu'à un remède bien peu consolant, celui de me tenir sur mes gardes avec plus de soin que jamais dans mes moindres actions. Une double inquiétude pésait à-la-fois sur mon esprit, celle de ma sûreté et celle de ma subsistance. Il me restait bien encore quelque chose du produit de mon industrie; mais ce n'était presque rien, parce que mon correspondant était en arrière avec moi, et je n'avais pas de moyens de lui faire demander mon paiement. Malgré tous mes efforts, les anxiétés qui me tourmentaient prirent sur ma santé. Je n'avais pas un seul instant où je pusse me croire à l'abri du danger; j'étais devenu comme un spectre; le moindre son inattendu me faisait tressaillir. Il y avait des momens où j'étais presque tenté de me rendre entre les mains de la justice, et de braver toute sa rigueur; mais bientôt le ressentiment et l'indignation rentraient dans mon ame et ranimaient ma persévérance.

Quant aux moyens de pourvoir à ma subsistance, je ne voyais pas de meilleure ressource que celle dont je venais de me servir, qui était de chercher quelque tierce personne par l'entremise de laquelle je pusse disposer de mon travail. Il n'était pas impossible de rencontrer quelqu'un qui consentît à me rendre ce service; mais où trouver l'ame active et bienfaisante de madame Marney ? La personne sur laquelle je jetai les yeux était un M. Spurrel, qui travaillait en chambre pour les horlogers, et qui avait un logement au second étage de notre maison. Je l'examinai deux ou trois fois, en passant près de lui sur l'escalier, et mes regards irrésolus annonçaient assez le désir et l'embarras de l'aborder. Il s'en aperçut, et finit par m'engager très-poliment à entrer chez lui.

Quand nous fûmes assis, il me témoigna combien il était fâché de ce que je paraissais être en mauvaise santé, et de ce que je menais un genre de vie si solitaire, me demandant s'il serait assez heureux pour pouvoir m'être bon à quelque chose, et ajoutant que du premier moment qu'il m'avait vu, il avait conçu de l'affection pour moi. Dans le nouveau travestissement que j'avais pris, j'étais contrefait et mal bâti, et rien n'était moins attrayant que ma personne.

Mais, à ce qu'il paraissait, M. Spurrel avait perdu un fils unique, il y avait environ six mois, et j'étais le vrai portrait de cet enfant. Si j'eusse mis de côté toutes mes difformités d'emprunt, j'aurais perdu vraisemblablement tous mes droits à son attachement. Il était, m'observait-il, un malheureux vieillard sur le bord de sa fosse, et ce cher fils était toute sa consolation. Le pauvre garçon avait toujours été souffrant toute sa vie; mais il lui avait servi de garde-malade; et plus cet enfant lui avait coûté de soin et de peines, quand il était au monde, plus il lui faisait faute aujourd'hui qu'il n'était plus. Il ne lui restait pas à présent un seul ami, et il n'avait personne sur la terre qui s'intéressât à lui. Si cela me faisait plaisir, je pourrais lui tenir lieu de son pauvre fils; et il aurait en tout pour moi les mêmes soins et les mêmes attentions.

Je lui exprimai combien j'étais sensible à des offres si pleines de bonté; mais j'ajoutai que je serais désespéré de lui être à charge le moins du monde. Que ma façon de penser me faisait adopter pour le moment une vie très-retirée et très-solitaire, et que ma plus grande difficulté était de concilier ce genre de vivre avec un moyen quelconque de gagner de quoi me procurer le nécessaire. Que s'il avait la complaisance de m'aider de ses bons offices pour applanir cette difficulté, c'était le plus grand service qu'il pût me rendre. Je lui dis que j'avais toujours eu un goût et une aptitude particulière pour les travaux mécaniques, et que je ne doutais pas de me tirer bientôt d'affaire dans quelque genre d'industrie que ce fût, dès que je m'y appliquerais sérieusement. Que je n'avais point appris de métier ; mais que s'il voulait me faire la grace de me diriger et m'instruire, je travaillerais volontiers avec lui, tant qu'il lui conviendrait, pour ma nourriture seulement. Que je savais fort bien que je lui demandais là une faveur extraordinaire; mais que j'y étais entraîné d'une part par la force invincible de la nécessité, et encouragé de l'autre par la confiance que m'inspiraient les offres si obligeantes et si amicales qu'il m'avait faites.

Le vieillard, après avoir laissé couler quelques larmes sur le tableau que je lui faisais de ma situation, consentit volontiers à tout ce que je lui proposais. Notre accord fut bientôt fait, et en conséquence j'entrai en fonctions. Mon nouvel ami était un homme d'une singulière tournure d'esprit. Ce qui le caractérisait principalement, c'était un grand amour pour l'argent, et des manières excessivement officieuses et charitables. Il vivait avec la plus grande parcimonie et se refusait tout. A peine fus-je initié dans le métier, que mon travail était déjà de nature à valoir quelque récompense, il en convint franchement lui-même, et il insista pour que je fusse payé. Cependant, il n'agit pas à cet égard comme auraient pu faire quelques personnes dans les circonstances où je me trouvais, et il ne me remit pas la totalité de ce que je gagnais; mais il ne me cacha point qu'il me faisait sur mon gain une retenue de vingt pour cent, comme une juste indemnité de la peine qu'il avait prise pour m'instruire, et comme un droit de commission pour m'avoir procuré le débit de mon travail. Avec cela, j'étais souvent l'objet de ses larmes; il était dans la douleur toutes les fois qu'il fallait nous séparer, et il me prodiguait à tout moment des signes de la plus tendre affection. Je trouvai en lui beaucoup d'habileté et d'invention dans son métier, et les instructions qu'il me donna me causèrent un extrême plaisir. De mon côté, comme je possédais une plus grande variété de connaissances dont je cherchais à tirer parti, il ne tarissait pas sur le plaisir et l'étonnement qu'il éprouvait à découvrir en moi autant de ressources, soit pour le travail, soit pour mon simple amusement.

Il n'y avait pas long-temps que j'étais dans ce nouveau poste, lorsqu'il se présenta un événement qui me jeta dans des alarmes plus vives et plus sérieuses que jamais. J'étais un soir à me promener dans la rue pour prendre un moment l'air et un peu d'exercice, ce que je ne me permettais alors que très-rarement; tout-à-coup j'eus l'oreille frappée de deux ou trois sons au hasard, qui partaient de la bouche d'un colporteur qui criait sa marchandise. Je m'arrêtai pour mieux entendre. Quelle fut ma surprise et ma confusion quand j'ouis à-peu-près ces propres paroles : « *Voici* L'HISTOIRE MERVEILLEUSE ET SURPRENANTE ET LES AVENTURES SANS PAREILLES DU FAMEUX CALEB WILLIAMS ! *Vous y voyez comme il a d'abord volé son maître et ensuite porté une fausse accusation contre lui ; comme aussi, les efforts qu'il a faits à diverses fois pour briser sa prison, jusqu'à son évasion finale qu'il a effectuée de la manière la plus merveilleuse et*

la

la plus incroyable ; comme aussi, ses voyages dans les différentes parties du royaume, sous toutes sortes de déguisemens, et les vols qu'il a commis avec une bande des plus hardis et des plus déterminés voleurs ; enfin son arrivée dans la ville de Londres où on croit qu'il est maintenant caché ; avec une fidelle et véritable copie de la proclamation faite de sa personne et de son signalement, imprimée et publiée par un des principaux Secrétaires-d'Etat de Sa Majesté, contenant l'offre d'une récompense de cent guinées pour le prendre : le tout pour le prix d'un sou. »

Atteré comme je l'étais par ces épouvantables sons, croira-t-on que j'eus pourtant la témérité de m'approcher du colporteur et d'acheter un de ses papiers, résolu, par une sorte d'instigation désespérée, de voir jusqu'au bout ce dont il était question, et d'en savoir autant que j'en pourrais apprendre. J'emportai mon papier avec moi, en continuant toujours de faire quelques pas, jusqu'à ce que ne pouvant plus résister à mon impatience, je me mis à en déchiffrer presque tout le contenu à la lueur d'une lampe suspendue dans un petit passage. Je trouvai qu'il renfermait un bien plus grand nombre de circonstances qu'on n'aurait pu l'attendre d'un écrit de cette espèce. On m'égalait aux plus fameux voleurs dans l'art de pénétrer à travers les murs et les portes les mieux défendues, et aux fourbes les plus habiles pour l'invention, l'astuce et les travestissemens. L'avis que Larkins avait trouvé et nous avait apporté dans la forêt y était imprimé tout au long. Tous mes déguisemens antérieurs à la dernière alerte que m'avait donnée la prévoyante madame Marney, étaient fidellement rapportés, et on y avertissait le public de se tenir bien en garde contre un individu d'un extérieur étrange, et qui vivait d'une manière recluse et solitaire. Cet écrit m'instruisit aussi que l'on avait fait une recherche dans mon dernier logement, le soir même de mon évasion, et que madame Marney avait été envoyée à Neuwgate, comme accusée d'avoir recelé un criminel. Cette dernière circonstance me navra jusques au fond du cœur. Mes propres souffrances n'affaiblirent pas en moi le sentiment de la compassion. C'était une idée bien déchirante et bien insupportable, de sentir que l'implacable persécution dont j'étais l'objet ne se bornait pas à ma personne; mais que ma seule approche était contagieuse, et entraînait dans ma ruine quiconque prétendait me secourir. Je crois que j'aurais consenti à me livrer à toute la rage de mes ennemis, si j'avais pu sauver par-là une heure de souffrance à cette excellente femme. J'ai appris dans la suite que madame Marney avait obtenu sa liberté, par l'entremise de cette femme de qualité qui était sa parente. L'émotion que me causa l'infortune de madame Marney ne fut pourtant qu'un sentiment passager. Une considération plus impérieuse et plus irrésistible appelait toute mon attention.

Que n'éprouvai-je pas à la lecture de ce papier! Chaque mot me glaçait d'effroi. Il eût peut-être été moins horrible pour moi de tomber entre les mains de la justice. Au moins cet événement qui était l'objet de toutes mes craintes eût mis un terme à cette consomption de terreur et de désespoir qui m'accablait sans relâche. Les déguisemens ne pouvaient plus me servir à rien. Une classe immense d'individus, dans chaque quartier, dans presque chaque maison de la capitale, se trouvaient excités à jeter un œil attentif et soupçonneux sur tout étranger, et spécialement sur tout étranger solitaire qui pouvait se rencontrer dans leur chemin. On faisait briller à leurs yeux un prix de cent guinées pour enflammer leur cupidité et aiguiser leur pénétration. Ce n'était plus seulement les habitués de Bow-Street, c'était un million d'hommes armés contre moi. Et ce

refuge qui reste encore aux plus malheureux, d'avoir quelqu'individu dans le sein duquel ils déposent leurs alarmes, et qui les met à l'abri des yeux indiscrets et curieux, ce refuge m'était interdit. Pourrait-on se faire l'idée d'une situation plus horrible! Mon cœur battait avec une extrême violence; ma poitrine était resserrée, et je ne respirais qu'à peine. « Il n'y aura donc pas de fin, me di-
» sais-je, à la persécution que j'éprou-
» ve! Après tant de fatigues et tant de
» travaux, aucun terme à mes malheurs!
» Le temps, le temps qui guérit tout, ne
» fait qu'ajouter au désespoir de ma si-
» tuation! Ah! pourquoi m'obstiner plus
» long-temps à cette lutte cruelle? la mort
» m'offre le moyen d'éluder l'activité de
» mes persécuteurs. Ensevelissons dans
» un oubli éternel ma personne et jus-
» ques aux traces de mon existence, et
» ne laissons qu'un doute impénétrable
» à ces barbares, qui ne sauraient avoir
» de paix sans me poursuivre. »

Au milieu des horreurs qui m'environnaient, cette idée me donna quelque plaisir, et je me rendis en hâte vers les bords de la Tamise pour la mettre à exécution. L'agitation de mon ame était telle que la faculté de voir était comme suspendue. Je traversais les rues sans voir la route que je suivais. Enfin, après avoir erré je ne sais combien de temps, je me trouvai au pont de Londres Je courus aux marches et je vis la rivière couverte de bâtimens. Il faut, me dis-je, qu'aucun être humain ne m'aperçoive au moment où je vais disparaître pour jamais. Cette pensée exigeait quelqu'attention. Il s'était déjà écoulé un certain temps depuis le dessein que le désespoir m'avait fait prendre. Le jugement me revint peu à peu. La vue des vaisseaux me fit renaître l'idée de quitter encore une fois mon pays natal.

Je pris donc des informations, et je trouvai que le passage le moins cher que je pouvais me procurer, était dans un vaisseau amarré près de la tour, et qui devait mettre à la voile sous peu de jours pour Middelbourg en Hollande. J'aurais désiré qu'on me prît à bord dès l'instant même, et j'aurais tâché d'obtenir du capitaine qu'il me permît d'y rester jusqu'au moment du départ ; mais malheureusement je n'avais pas sur moi assez d'argent pour payer mon passage. C'était pis encore, je n'avais pas dans le monde assez d'argent. Toutefois je donnai au capitaine la moitié de ce qu'il me demanda, et je promis de venir lui apporter le reste. Je ne savais trop comment me le procurer ; mais j'espérais bien en venir à bout. J'avais quelque idée de l'emprunter à M. Spurrel. Certainement il ne me refuserait pas un si léger service. Il m'aimait, à ce qu'il semblait, avec une tendresse toute paternelle, et je ne crus pas risquer la moindre chose en me remettant pour un moment dans ses mains.

J'approchai de mon logement avec un

cœur oppressé et plein de sinistres présages. M. Spurrel n'était pas à la maison, et il me fallut attendre son retour. J'avais dans mon coffre de l'ouvrage qui m'avait été remis par lui le matin même pour travailler, et qui valait six fois la somme dont j'avais besoin. Je réfléchis un moment si je ne pourrais pas user de ces effets comme s'ils eussent été à moi; mais je repoussai cette idée avec mépris. Jamais je n'avais mérité le moins du monde le blâme dont on me couvrait; j'étais bien déterminé à ne le mériter jamais. Il était fort extraordinaire que M. Spurrel fût dehors à une telle heure; cela ne lui était pas encore arrivé à ma connaissance. Il avait coutume de se coucher entre neuf et dix. J'entends sonner dix heures, onze heures; M. Spurrel ne rentre point. Enfin à minuit, on heurte à la porte; je reconnais sa manière de frapper. Tout était couché dans la maison. M. Spurrel, habitué à rentrer à des heures réglées, n'avait pas de clef pour ouvrir lui-même. L'idée de revoir un compagnon, fit luire dans mon cœur un rayon de joie. Je fus bien vîte au bas de l'escalier pour lui ouvrir la porte.

Je crus apercevoir, à la lueur de la chandelle que j'avais à la main, quelque chose d'extraordinaire dans son air. Avant que j'eusse le temps de lui dire un mot, je vis deux autres hommes qui le suivaient. Au premier coup-d'œil, je ne doutai pas quelle espèce de gens c'était; au second, je reconnus que l'un d'eux n'était autre que Gines lui-même. J'avais su autrefois qu'il avait été de cette profession, et je ne fus pas très-étonné de l'y retrouver. Quoique depuis quelques heures mon esprit se fût, pour ainsi dire, familiarisé avec l'inévitable nécessité de retomber encore une fois entre les mains des officiers de justice, cependant il me fut impossible de les voir entrer, sans ressentir intérieurement une secousse qui me remua jusqu'au fond de l'ame. D'ailleurs, je n'étais pas peu surpris de l'heure et des circonstances de cette visite, et j'avais grand désir d'apprendre si M. Spurrel avait pu être assez vil pour se faire leur introducteur.

Il ne me laissa pas long-temps dans cette perplexité. A peine vit-il ses deux compagnons tout-à-fait en dedans de la porte, qu'il s'écria avec un transport presque convulsif : « Tenez, tenez voilà » votre homme! Dieu soit béni ! Dieu » soit béni ! » Gines me regarde aussitôt à la figure, avec un air qui exprimait alternativement de l'espérance et du doute. « Sur mon Dieu, dit-il, je ne » saurais dire si c'est lui ou non ! J'ai, » ma foi, peur que nous n'ayons pris » un rat. » Ensuite, comme en se ravisant : « Entrons toujours dans la mai- » son, ajouta-t-il ; nous examinerons un » peu mieux. » Nous montons tous aussitôt dans la chambre de M. Spurrel ; je pose ma chandelle sur la table. Jusques-là j'avais gardé le silence ; mais je me sentais bien déterminé à tout tenter pour ne pas me trahir moi-même, et j'étais un peu enhardi d'ailleurs par l'embarras de Gines. En conséquence, prenant un air calme et résolu, et m'adressant à eux avec ma voix déguisée, dont une sorte de grasseyement formait un des caractères : « Dites-moi, je vous » prie, messieurs, leur demandai-je, » ce que vous désirez de moi ? » — » Hé » bien, dit Gines, nous sommes ici » pour chercher un certain Caleb Wil- » liams, et c'est, ma foi, un coquin qui » en vaut bien la peine. Je devrais le » connaître assez, mais on dit que le » drôle a autant de visages qu'il y a de » jours dans l'année. Ainsi, vous plai- » rait-il d'ôter votre visage d'aujour- » d'hui ? ou, si vous ne le pouvez pas, » au moins, pouvez-vous bien ôter vos » habits, pour nous faire voir de quelle » étoffe est la bosse que vous portez ? »

Je voulus faire quelques remontrances, mais il n'y eut pas moyen. Je voyais déjà mon déguisement en partie découvert ; et Gines, quoique toujours incertain, se confirmait néanmoins à chaque instant de plus en plus dans ses soupçons. Quant à M. Spurrel, sa figure s'était renfrognée, et ses yeux inquiets regardaient avidement tout ce qui se passait. A mesure que mon imposture devenait plus palpable, il répétait son exclamation : « Dieu soit béni ! Dieu » soit béni ! » A la fin, excédé de cette odieuse farce, et ne pouvant plus supporter le dégoût que me causait la figure basse et hypocrite qu'il me semblait que je faisais : « Hé bien oui, m'écriai-je, » je suis Caleb Williams ; conduisez-moi » où vous voudrez ! Et vous, M. Spur- » rel.... » Il fit un saut terrible. Au moment où je me déclarai, sa joie avait été extrême, et il ne lui avait pas été possible de la contenir. Mais mon apostrophe inattendue, et le ton dont je la lui adressai, le foudroyèrent. « Est-il « possible, continuai-je, que vous ayiez

» été assez bas et assez pervers pour me
» trahir ? Que vous ai-je fait pour mé-
» riter un pareil traitement de vous ?
» C'est donc là la tendresse que vous me
» témoigniez ? cet amour de père que
» vous aviez sans cesse à la bouche ?
» Vous me livrez à la mort ! »

« Mon pauvre garçon ! mon cher
» enfant, » s'écria Spurrel du ton le
plus dolent, et le plus humble, « en
» vérité, en vérité, je n'ai pas pu faire
» autrement ! Je l'aurais fait, si je l'a-
» vais pu ! Allons, allons, j'espère bien
» qu'on ne lui fera pas de mal, à ce
» pauvre ami ! Si cela arrivait, je suis
» sûr que j'en mourrais. »

« Infâme bateleur, interrompis-je
» avec l'accent de l'indignation, vous
» me mettez dans les cruelles serres de
» la justice, et vous espérez, dites-vous,
» qu'il ne me sera pas fait de mal !
» Allez, je sais d'avance mon arrêt, et
» je suis prêt à le subir ! Vous m'atta-
» chez de votre propre main la corde

» au cou, et pour le même prix, vous » en eussiez fait autant à votre fils » unique ! Allez compter vos maudites » guinées ! Ma vie eût été plus en sû» reté entre les mains du premier venu » que dans les vôtres, artificieux cro» codile, qui caressez pour dévorer. »

CHAPITRE XI.

En disant ceci, je le quittai avec tout le mépris qu'il méritait, et il demeura hors d'état de répondre un mot. Gines et son camarade m'accompagnèrent. Il est inutile de dépeindre toute l'insolence de cet homme. Il était dominé alternativement par la joie triomphante d'avoir pu consommer enfin sa vengeance, et par le regret d'avoir laissé aller la récompense, disait-il, au vieux damné de fesse-mathieu de chez qui nous sortions, quoiqu'il jurât bien de la lui faire passer devant le nez, s'il le pouvait. Il revendiquait l'honneur d'avoir imaginé à lui tout seul et d'avoir rédigé la légende qui se criait dans les rues, ce qui était, selon lui, un expédient immanquable. Il n'y aurait, ajoutait-il, ni loi ni justice, si ce vieux ladre qui n'avait rien fait, recevait l'argent de la prise, et lui qui en avait tout le mérite n'en recueillait ni la gloire ni le profit.

Je fis peu d'attention à son discours. Cependant il frappa assez ma mémoire pour que j'aie pu me le rappeler dans mon premier moment de loisir. Pour le présent, je pensais à autre chose; j'étais occupé à réfléchir sur ma nouvelle situation et sur la conduite qu'elle exigeait de moi. Deux fois, dans les instans du dernier désespoir, l'idée de secouer le fardeau de la vie s'était présentée à mon esprit; mais il s'en fallait bien que ce fût-là ma pensée habituelle. Dans ce moment-ci, comme dans tous ceux où l'injustice menaçait immédiatement mes jours, je me sentais plus que jamais disposé à les défendre de tout mon pouvoir.

Toutefois l'avenir s'offrait sous l'aspect le plus noir et le plus décourageant. Que de travaux, que d'efforts consumés d'abord pour m'arracher de ma prison, et ensuite pour échapper à l'activité de ceux qui étaient à ma poursuite; et le résultat de tout cela, après tant de jours d'alarmes et de persévérance, c'était de me voir ramené au point d'où j'étais parti pour commencer cette effroyable carrière! A la vérité j'avais acquis de la célébrité, j'avais gagné le déplorable avantage d'avoir mon histoire criée par les colporteurs et chantée sur les tréteaux; d'être partout renommé comme le plus actif et le plus étonnant des scélérats, et de faire l'entretien perpétuel des laquais et des servantes; mais je n'étais ni un Érostrate, ni un Alexandre pour que cette sorte de gloire me fît descendre au tombeau avec satisfaction. Et, pour parvenir à quelque chose de solide et de désirable, quelle chance pouvaient m'offrir à présent de nouveaux efforts semblables aux premiers? Jamais créature humaine avait-elle été poursuivie par des ennemis plus acharnés et plus ingénieux ? Quel espoir avais-je de voir cesser leur persécution, ou d'obtenir plus de succès à l'avenir de mes tentatives !

La résolution que je pris me fut dictée par des considérations telles à-peu-près que celles que je vais rapporter. Mon ame s'était insensiblement détachée et éloignée par degrés de M. Falkland avant d'en venir au point de l'abhorrer. J'avais été long-temps à nourrir pour lui dans mon cœur une vénération que son animosité contre moi et les persécutions que j'en essuyais n'avaient pu encore entièrement effacer. Mais actuellement, j'attribuais au fond de son caractère la barbarie opiniâtre de sa conduite ; je voyais quelque chose d'infernal dans cet acharnement à me relancer au bout du monde, à me forcer, comme une malheureuse proie, jusques dans des tanières, et à vouloir, à tout prix, s'abreuver de mon sang, tandis qu'au fond de son ame il connaissait mon innocence, ma candeur, je pourrais dire même, mes vertus. Dès-lors, je foulai aux pieds mes premiers sentimens pour lui et tout souvenir de respect ou d'estime. Je perdis toute considération pour la grandeur de ses qualités intellectuelles, toute pitié pour les tortures de son ame. J'abjurai aussi toute idée d'indulgence ; je résolus de me montrer aussi impitoyable, aussi inflexible que lui. Y avait-il de la raison à lui de me pousser ainsi à la dernière extrémité, et de me mettre au désespoir ? N'avait-il rien à craindre pour son affreux secret, et pour les meurtres répétés qui avaient souillé ses mains.

Je parus devant les magistrats au bureau desquels me conduisirent Gines et son camarade, avec la pleine résolution de dévoiler cet épouvantable secret dont, jusqu'à ce moment j'avais été religieux dépositaire, et une bonne fois pour toutes, de mettre mon accusateur à sa véritable place. Il était bien temps que la honte et les souffrances portassent sur le vrai coupable, et que l'innocence ne restât pas éternellement écrasée sous l'oppression du crime. J'avais été obligé de passer en prison le reste de la nuit de mon arrestation. Dans l'intervalle, je m'étais débarrassé de tout l'attirail de mon déguisement, et le lendemain je me présentai sous ma véritable forme. Aussi ne fut-il pas difficile de constater l'identité de personne ; et comme c'était toute la formalité que les magistrats devant lesquels je paraissais, jugeassent être de leur compétence, ils se disposaient à rédiger une ordonnance pour me faire reconduire dans le comté de mon propre domicile. Je suspendis l'exécution de cette mesure, en déclarant que j'avais quelque chose à révéler, déclaration qui ne manque jamais d'exciter l'attention des personnes préposées à l'administration de la justice criminelle.

Je dis que j'avais continuellement protesté de mon innocence, et que j'entendais réitérer les mêmes protestations.

« En ce cas, repartit brusquement
» l'ancien des magistrats, que pouvez-
» vous donc avoir à révéler ? Si vous
» êtes innocent, cela n'est point de notre
» compétence : nous ne sommes ici qu'of-
» ficiers ministériels. »

« Je n'ai jamais cessé de déclarer, con-
» tinuai-je, que je n'avais commis au-
» cun crime, mais que le crime était
» en entier du fait de mon accusateur ;
» qu'il avait glissé furtivement ses pro-
» pres effets parmi les miens, et ensuite
» m'avait dénoncé comme voleur. Au-
» jourd'hui, je déclare encore plus, je
» déclare que cet homme est coupable
» de *meurtre*, que j'ai découvert son cri-
» me, et que c'est par cette raison qu'il
» s'est déterminé à me faire perdre la vie.
» Je présume, Messieurs, que vous re-
» garderez bien comme de votre com-
» pétence de recevoir une telle décla-
» ration. Je suis convaincu que vous ne

» voudrez nullement contribuer active-
» ment ou passivement à l'injustice atro-
» ce dont je suis la victime, que vous ne
» concourrez en aucune manière à ce
» qu'un innocent soit emprisonné et
» condamné, pour qu'un meurtrier
» puisse vivre en paix et en liberté. J'ai
» tenu ce fait caché aussi long-temps
» qu'il m'a été possible. J'ai toujours eu
» trop de répugnance à être l'auteur du
» malheur ou de la mort d'une créa-
» ture humaine. Mais la patience et la
» résignation ont aussi leurs bornes. »

— « Permettez-moi, Monsieur, reprit
» le magistrat, avec un air de modé-
» ration étudiée, de vous faire deux
» questions. Avez-vous été en façon
» quelconque, adhérent, fauteur, ou
» complice de ce meurtre? »

— « Non. »

— « Et, s'il vous plaît, quel est ce
» monsieur Falkland, et de quelle na-
» ture peuvent avoir été vos relations
» avec lui? »

— « Monsieur Falkland est un gen-
» tilhomme de 6000 livres sterling de
» rente. J'ai demeuré chez lui en qua-
» lité de secrétaire. »

— « En autres termes, vous étiez son
» domestique ? »

— « Comme il vous plaira. »

— « Fort bien, Monsieur; je n'en veux
» pas davantage. D'abord j'ai à vous di-
» re, comme magistrat, que je ne puis
» rien faire de votre déclaration. Si vous
» eussiez été compliqué dans le meurtre
» dont vous parlez, cela changerait la
» thèse. Mais ce serait pour un magis-
» trat agir contre toutes les règles du
» bon sens que de recevoir une dépo-
» sition d'un criminel, excepté contre
» ses complices. Après cela, en mon
» nom personnel, je crois à propos de
» vous observer que vous me paraissez
» être le plus impudent coquin que j'aie
» jamais vu. Comment! est-ce que vous
» êtes assez sot pour vous imaginer que
» le conte que vous venez de me faire,

» pourra vous servir à rien, soit ici, » soit aux assises, soit partout ailleurs? » Ce serait en vérité quelque chose de » beau, si, quand un gentilhomme de » 6000 livres de rente fait arrêter un » de ses domestiques pour vol, ce do- » mestique pouvait se rejeter sur des » accusations pareilles, et s'il trouvait » des magistrats ou des cours de justice » qui se prêtassent à les écouter? Je ne » sais si le crime pour lequel vous êtes » arrêté en ce moment vous mènera ou » non à la potence, c'est ce que je ne » prétends pas décider; mais ce qu'il » y a de sûr, c'est qu'une histoire de » ce genre-là doit vous y mener. Il fau- » drait bientôt renoncer à toute idée » d'ordre et de gouvernement, si, pour » rien au monde, on laissait échapper » des drôles qui foulent aux pieds d'une » manière aussi atroce le respect du rang » et des distinctions. »

— « Et refusez-vous, Monsieur, d'é-

» couter

» couter les détails et les circonstances
» du fait que je déclare ? »

— « Oui, Monsieur, je le refuse....
» Mais, s'il vous plaît, quand je ne le
» refuserais pas, quels témoins avez-vous
» de ce meurtre ? »

Cette question me fit hésiter.

— « Aucun..... Mais je crois pou-
» voir établir mes preuves sur une suite
» d'indices et de circonstances de na-
» ture à forcer l'attention de l'auditeur
» le moins disposé à croire. »

— « Je m'en doutais bien..... Offi-
» ciers, emmenez-le de la barre. »

Tel fut le succès de ce dernier moyen de réserve sur lequel j'avais toujours fait fond avec une confiance imperturbable. J'avais pensé jusqu'à ce moment, que l'état de misère et de défaveur dans lequel j'étais placé, ne se prolongeait que par une suite de ma propre indulgence, et plutôt que d'avoir recours à cette extrême récrimination, j'étais déterminé à endurer tout ce que pourrait supporter la nature humaine. Je trouvais dans cette pensée une consolation secrette au milieu de toutes mes calamités ; un sacrifice volontaire est toujours fait avec plaisir. Je me regardais comme marchant sous les bannières des confesseurs et des martyrs; je m'applaudissais de ma force d'ame et de mon dévouement héroïque, et je me complaisais dans l'idée que si je voulais déployer sans pitié toutes mes ressources, quoique j'espérasse ne jamais en venir là, il ne tenait pourtant qu'à moi de mettre fin tout d'un coup aux souffrances et aux persécutions que j'endurais.

Et voilà donc ce que c'est que la justice des hommes ! Il y aura des circonstances où un homme ne pourra être reçu à dévoiler un crime, parce qu'il n'en aura pas été le complice ! La dénonciation d'un exécrable assassinat sera écoutée avec indifférence ; tandis qu'un innocent se verra harcelé comme une bête sauvage, dans tous les coins de la terre!

Un revenu de 6000 livres de rente sera une égide impénétrable aux accusations, et on rejetera une déclaration formelle et circonstanciée, parce qu'elle est faite par un domestique !

On me reconduisit à cette même prison dont j'avais forcé les portes peu de mois auparavant. Le désespoir dans le cœur, je revis ces mêmes murs que j'avais franchis, forcé de reconnaître que tant d'incroyables travaux n'avaient servi qu'à augmenter mes souffrances. Depuis mon évasion, j'avais acquis quelque connaissance du monde ; une cruelle expérience m'avait appris jusqu'à quel point la société me pressait de ses chaînes, et le despotisme m'enveloppait de ses piéges. Je ne voyais plus la scène du monde, telle que mon imagination se l'était figurée au milieu des illusions de ma jeunesse, comme un théâtre offert aux talens et au génie pour s'y montrer ou se cacher à leur gré. Toute l'espèce humaine n'était plus à mes yeux qu'autant d'instrumens voués d'une manière ou d'autre au service de la tyrannie. L'espérance était anéantie au fond de mon cœur. La première nuit où je fus renfermé dans mon cachot, je fus saisi par accès d'une sorte de frénésie. De temps en temps au milieu du silence absolu qui m'environnait, je laissais éclater malgré moi les gémissemens que m'arrachait le désespoir. Mais cette aliénation d'esprit ne fut que passagère. J'en revins bientôt à jeter un œil plus calme sur mes infortunes. J'avais devant moi une perspective plus noire, et ma situation semblait plus désespérée que jamais. Je me vis encore une fois exposé, si cette circonstance valait la peine d'être comptée parmi mes maux, à l'insolente et barbare tyrannie qui s'exerce uniformément sur les habitans de ces tristes demeures. Pourquoi répéter encore le long et fastidieux récit des souffrances que j'eus à endurer, et qu'endure tout homme assez malheureux pour tomber au pouvoir de ces ministres inhumains de la jurisprudence nationale ? Quand même j'eusse été couvert de tous les crimes dont on m'accusait, l'être le plus insensible m'aurait acquitté au tribunal de sa propre conscience, après tant de tourmens que j'avais eus à essuyer, après tant de fatigues et d'alarmes, après tant d'heures passées dans l'attente perpétuelle d'être ressaisi, plus affreuse cent fois que l'instant même où je l'avais été réellement. Mais la justice n'a point d'yeux, point d'oreilles, point d'entrailles humaines, et elle pétrifie le cœur de tous ceux qui s'abreuvent de ses maximes.

Je ne me laissai pourtant point abattre. Je résolus de ne pas me désespérer tant qu'il me resterait un souffle de vie. On pouvait m'opprimer, m'anéantir; mais si je périssais, je voulais périr en résistant. Quel bien, quel avantage, quel sentiment agréable ou consolant une lâche soumission pouvait-elle produire?

Qui ne sait que c'est le plus vain de tous les efforts que de s'humilier aux pieds de la loi ; que ses tribunaux ne laissent aucune avenue à l'amendement et au repentir ?

Quelques personnes, peut-être, regarderont mon courage comme au-dessus des forces de la nature humaine. Mais si je leur dévoile l'état de mon cœur, elles reconnaîtront bientôt leur méprise. Mon cœur saignait par tous les pores. Ma résolution n'était pas l'effet du calme que donnent la raison et la philosophie ; c'était l'impulsion aveugle du désespoir ; ce n'était pas le fruit de l'espérance, mais d'un esprit déterminé à ne plus varier, qui s'attache opiniâtrement à son dessein, et qui trouve, dans l'effort même qu'il fait, toute sa satisfaction, prêt à abandonner aux vents le bon ou le mauvais succès de sa tentative. Cette déplorable condition faite pour réveiller un mouvement de sympathie dans le cœur le plus endurci, était pourtant celle où m'avait réduit M. Falkland.

Je savais d'avance l'événement de mon procès. J'étais résolu à m'échapper encore une fois de ma prison, et je ne doutais guères de venir au moins à bout de ce premier pas vers ma conservation. Cependant le moment des assises approchait, et certaines considérations qu'il serait superflu de détailler, me portaient à croire que j'aurais plus d'avantage à attendre, avant de commencer aucune tentative, que mon procès fût terminé. Il était porté sur la liste comme un des derniers à juger. Je fus donc extrêmement surpris d'apprendre qu'il était appelé hors de son rang de liste, pour l'un des premiers de la matinée du second jour. Mais si c'était là un événement inattendu, combien ma surprise fut-elle encore plus grande, au moment où on appela ma partie adverse, de ne voir paraître ni M. Falkland, ni M. Forester, ni aucun individu quelconque pour se présenter contre moi. Dès-lors on ordonna la confiscation des sommes consignées par mes accusateurs, et je fus renvoyé de la barre en pleine liberté.

Cet incroyable changement de fortune produisit sur mon esprit un effet impossible à décrire. Moi qui étais venu à cette barre avec le fatal prononcé de l'arrêt de mort sonnant d'avance à mon oreille, m'entendre dire que j'étais libre de me transporter partout où il me plaisait ! Et pourquoi donc avais-je percé à travers toutes ces serrures, ces verroux et ces murs impénétrables sous lesquels j'étais enfermé ? Pourquoi avais-je passé tant de jours dans les soucis et les alarmes, tant de nuits dans l'agitation et l'infamie ? Pourquoi avoir mis mon imagination à la torture, pour inventer sans cesse de nouveaux moyens d'échapper aux poursuites ? Pourquoi avoir tendu tous les ressorts de mon ame, à un degré d'énergie dont je l'aurais à peine crue capable ? Pourquoi avoir dévoué tous les momens de mon existence passée, à une continuité de tourmens qui semblaient excéder la mesure des forces humaines ? Grand Dieu ! Qu'est-ce que l'homme ? Que son avenir est impénétrable pour lui ! Que l'événement même de la minute qui va suivre, est hors de sa portée ? J'ai lu quelquefois que le ciel a voulu, dans sa merci, dérober à nos yeux notre future destinée. Mon expérience ne s'accorde guères avec une telle assertion. Que de travaux, que d'angoisses inexprimables m'eussent été épargnés, si j'avais pu prévoir ce dénouement d'une des plus redoutables époques de ma vie !

CHAPITRE XII.

Je ne tardai pas à prendre congé pour jamais de ce théâtre de douleur et d'épouvante. Dans le moment d'une délivrance aussi inattendue, mon cœur était trop plein de joie et de surprise, pour qu'aucune inquiétude sur l'avenir pût y trouver place. Je sortis de la ville. Je m'acheminai lentement et d'un air pensif sans savoir où j'allais, tantôt me laissant emporter à des exclamations involontaires, tantôt enseveli dans une profonde et indéfinissable rêverie. Le hasard me conduisit vers ces mêmes bruyères qui m'avaient fourni une retraite au moment où je venais de forcer ma prison. Je me mis à errer dans les cavités et les vallons de cette solitude. Tout était désert et inculte autour de moi. Je ne saurais dire combien de temps je demeurai dans cet endroit. A la fin, la nuit me surprit sans que je m'en fusse aperçu, et je me disposai alors à retourner pour l'instant à la ville que je venais de quitter.

Il était tout-à-fait nuit, lorsque deux hommes que je n'avais pas remarqués jusqu'à ce moment, sautèrent tout-à-coup sur moi par derrière. Ils me saisirent par le bras, et me renversèrent par terre. Je n'eus le temps, ni de la résistance ni de la réflexion. Cependant j'eus occasion de m'apercevoir que l'un d'eux était l'infernal Gines. Ils me bandèrent les yeux, me mirent un baillon dans la bouche, et m'entraînèrent je ne sais où. Pendant qu'ils m'emmenaient avec eux, sans dire un mot, je cherchais à former des conjectures sur l'objet de cette violence extraordinaire. J'étais fortement pénétré de l'idée, qu'après l'événement du matin, les momens les plus durs et les plus douloureux de ma vie étaient passés, et je ne pouvais me résoudre à m'alarmer sérieusement de cette attaque imprévue, toute étrange qu'elle était. C'était peut-être toutefois, quelque nouveau projet enfanté par la haine implacable et malfaisante du détestable Gines.

Je m'aperçus bientôt que nous étions retournés dans la ville d'où je venais de sortir. Ils me conduisirent dans une maison, et aussitôt qu'ils s'y furent mis en possession d'une chambre, ils me délivrèrent des entraves qu'ils m'avaient mises. Alors Gines, avec un rire narquois, me dit qu'on ne voulait pas me faire du mal, et qu'en conséquence, j'eusse à me montrer plus raisonnable en me tenant tranquille. Je m'aperçus que nous étions dans une auberge; j'entendis de la compagnie dans une chambre qui n'était pas loin de nous; et dès-lors, je demeurai tout aussi convaincu que lui-même, que je n'avais pour l'instant aucune espèce de violence à craindre, et je pensai qu'il serait toujours assez temps de faire résistance, s'ils entreprenaient de m'emmener hors de cette auberge, de la même manière qu'ils m'y avaient conduit. Je ne laissais pas que d'être curieux de voir un peu quelle serait la suite d'un préliminaire aussi étrange.

Les dispositions préalables dont je viens de parler, étaient à peine finies, que je vis entrer dans la chambre M. Falkland. Je me souviens que M. Collins, la première fois qu'il me fit part des détails de l'histoire de notre maître, m'observa que je le voyais totalement différent de ce qu'il avait été autrefois. Je n'avais aucun moyen de m'assurer de la vérité de cette observation. Mais elle s'appliquait d'une manière singulièrement frappante au spectacle qui s'offrit alors à mes yeux, quoique cependant, la dernière fois que j'avais vu cet infortuné, il était déjà la victime des mêmes passions, la proie des mêmes remords qui le déchiraient encore à présent. Dès-lors, l'empreinte du malheur se lisait dans tous ses traits. Mais maintenant, à peine semblait-il avoir jamais eu la figure humaine; son air était hagard, son visage have et décharné; son teint était d'un rouge obscur et noirâtre, dont la couleur uniformément répandue sur toutes les parties de sa figure, suggérait l'idée qu'elle était brûlée et desséchée par le feu eternel qui le dévorait intérieurement. Ses yeux étaient rouges, étincelans, égarés, respirant le soupçon et la rage. Ses cheveux étaient négligés, pendans et épars. Toute sa personne était d'une maigreur qui donnait l'idée d'un squelette plutôt que d'un être vivant. Il ne semblait pas que la vie pût habiter un corps aussi misérablement dépéri, et réduit presque à l'état d'un fantôme : véritablement, toute étincelle de feu vivifiant était consumée ; mais l'ardeur dévorante d'une passion frénétique et forcenée en tenait la place.

Cette vue me surprit, et me révolta

au dernier point.... Il commanda d'un ton sévère à ceux qui m'avaient amené de nous laisser seuls.

« Hé bien, monsieur, j'ai réussi au-» jourd'hui par mes soins à vous sauver » du gibet. Il y a quinze jours qu'il n'a » pas tenu à vous que ma vie ne fût » terminée par cette mort ignominieuse.

» Seriez-vous assez aveugle et assez » stupide pour ne pas voir que la con-» servation de vos jours a été l'objet » constant de mes efforts ? Ne vous » ai-je pas aidé de tout mon pouvoir » pendant votre prison ? N'ai-je pas fait » ce que j'ai pu pour empêcher que » vous n'y fussiez envoyé? Dans l'offre » de cent guinées qui a été faite pour » votre capture, avez-vous pu vous mé-» prendre au point de ne pas recon-» naître là la conduite opiniâtre et pé-» dantesque de Forester, et de me l'at-» tribuer ?

» Je ne vous ai pas perdu de vue au » milieu de toutes vos courses différen-

» tes. Vous n'avez pas fait un pas dont » je n'aie été instruit. Mon projet était » de vous faire du bien. Je n'ai versé » d'autre sang que celui de Tyrrel; ce » fut dans un accès de passion, et j'en » ai été puni par des remords que rien » ne peut appaiser, et qui me déchi- » rent à tous les instans de ma vie. Je » n'ai participé à la sentence de mort » de qui que ce soit, si ce n'est à celle » des Hawkins; il n'y avait d'autre » moyen pour les sauver, que de me » faire reconnaître moi-même pour un » assassin. Tout le reste de ma vie n'a » été consacré qu'à la bienfaisance.

» Je songeais à vous faire du bien. » C'est pour cela que j'ai voulu vous » mettre à l'épreuve. Vous aviez paru » vouloir agir envers moi avec égard » et modération. Si vous eussiez persisté » jusques à la fin, j'aurais encore trouvé » les moyens de vous en récompenser. » Je vous ai laissé à votre propre discré- » tion. Vous pouviez montrer l'impuis-

» sante malignité de votre cœur ; mais
» dans la position où vous étiez alors,
» je vous savais hors d'état de me nuire.
» Votre fausse modération envers moi
» a fini, comme je ne l'avais que trop
» soupçonné, par une lâcheté et une
» perfidie. Vous avez tenté de flétrir ma
» réputation. Vous avez cherché à dé-
» voiler l'éternel et impénétrable secret
» de mon ame. Puisque vous en avez
» agi ainsi, vous n'aurez jamais grace
» devant mes yeux. J'en garderai la mé-
» moire jusques à mon dernier soupir.
» Le souvenir en pèsera encore sur vous,
» même quand je ne serai plus. Parce
» qu'une cour de justice vous a acquit-
» té, vous flatteriez-vous d'être hors de
» la portée de mon pouvoir ? »

Pendant que M. Falkland parlait, il fut saisi d'une attaque soudaine ; un mouvement convulsif agita tout son corps, et il se laissa aller sur une chaise. Après environ trois minutes, il revint à lui.

« Oui, dit-il, je vis encore. Je puis

» vivre plusieurs jours, plusieurs mois,
» plusieurs années. Ma carrière sera-t-
» elle longue ? Il n'y a que le pouvoir
» qui m'a fait, quel qu'il soit, qui puisse
» la terminer. Je vis pour être le gardien
» de ma réputation. C'est pour cela que
» je reste en vie; pour cela, et pour en-
» durer des maux tels qu'aucune créa-
» ture vivante n'en a jamais éprouvés.
» Mais quand je ne serai plus, ma re-
» nommée me survivra. Ma mémoire
» passera sans tache à la postérité, elle
» sera révérée dans l'immensité de l'a-
» venir, et le nom de Falkland ne sera
» prononcé qu'avec respect dans les
» temps et les contrées les plus reculées
» du monde. »

Après ceci il reprit son premier sujet, et en revint à moi et à ma destinée future :

« Il y a, dit-il, une condition sous
» laquelle vous pouvez obtenir quelque
» adoucissement à votre sort. C'est-là
» l'objet pour lequel je vous ai envoyé

» chercher. Ecoutez mes propositions » avec sang-froid et avec prudence. » Ressouvenez-vous que vouloir vous » jouer avec une détermination résolue » dans mon ame, serait une démence » aussi forte que de vouloir repousser » dans sa chute une montagne prête à » vous écraser.

» J'exige que vous signiez un écrit » qui déclare de la manière la plus so- » lennelle que je suis innocent du meur- » tre dont vous m'avez accusé, et que » l'allégation que vous avez faite devant » le magistrat, en Bow-Street est fausse, » calomnieuse et sans fondement. Peut- » être le respect de la vérité vous fait hé- » siter? Mais la vérité mérite-t-elle notre » hommage pour elle-même, et non pour » le bonheur qu'elle est faite pour ré- » pandre? Un homme raisonnable ira- » t-il sacrifier à la vérité stérile, quand » la bienfaisance, l'humanité et tout ce » qui doit être cher à son cœur exige » qu'elle soit un moment oubliée? Il

» est probable que je ne serai jamais
» dans le cas de faire usage de ce pa-
» pier, mais je l'exige comme la seule
» réparation praticable de l'atteinte que
» vous avez voulu porter à mon hon-
» neur. Voilà ma proposition ; j'attends
» votre réponse. »

— « Monsieur, lui dis-je, je vous ai
» écouté jusques au bout, et je n'ai pas
» besoin de réfléchir sur votre propo-
» sition pour y faire une réponse né-
» gative. Vous m'avez pris avec vous,
» lorsque j'étais encore dans la simpli-
» cité de la jeunesse et de l'inexpérien-
» ce, tout prêt à recevoir les formes
» qu'il vous plaisait de m'imprimer.
» Mais dans un espace de temps bien
» court, vous m'avez donné des siècles
» d'expérience. Vous ne me trouverez
» plus souple et irrésolu. Je ne sais ce
» que veut dire le pouvoir que vous
» prétendez avoir encore sur ma des-
» tinée. Vous pouvez m'exterminer ;
» mais vous ne pouvez plus me faire

» trembler. Je m'inquiète peu de sa-
» voir si c'est à dessein ou autrement
» que vous avez versé sur moi les maux
» que j'ai soufferts, si vous êtes l'au-
» teur direct de mes malheurs, ou si
» vous n'avez fait qu'y participer. Tout
» ce que je sais, c'est que j'ai été trop
» cruellement tourmenté par rapport à
» vous, pour que je puisse vous recon-
» naître quelque droit à exiger de moi
» le moindre sacrifice volontaire.

» Vous dites que la bienfaisance et
» l'humanité me demandent ce sacrifi-
» ce. Non, Monsieur. Ce serait sacrifier
» à votre aveugle et fol amour de re-
» nommée, à cette funeste passion qui
» a été la source de tous les maux qui
» vous affligent, des sanglantes catas-
» trophes dont d'autres ont été victi-
» mes, et de cet abîme d'infortunes où
» vous m'avez précipité. Je n'ai pas de
» modération à exercer envers une telle
» passion. Si vous n'êtes pas encore guéri
» de cette sanguinaire et affreuse dé-

» mence, au moins ne ferai-je rien pour » la nourrir. J'ignore si dès ma jeunesse » j'étais destiné aux vertus héroïques ; » mais je vous rends grace de m'avoir » appris à conserver une force d'ame » inébranlable.

» Qu'exigez-vous de moi? Que je signe » ma honte pour flatter votre honneur? » Où est l'égalité d'un pareil traité? Par » où donc me trouvé-je jeté à une dis- » tance si immense au-dessous de vous, » que tout ce qui a rapport à moi ne » mérite pas même d'entrer en consi- » dération? Vous avez été nourri dans » le préjugé de la naissance; c'est un » préjugé que j'abhorre. Vous m'avez » réduit à une situation désespérée, et » je vous dis ce que cette situation me » suggère.

» Peut-être me direz-vous que je n'ai » pas de réputation à perdre; que, tan- » dis que vous jouissez au plus haut » degré de l'estime universelle, je suis » partout réputé pour un voleur, un

» fourbe, un calomniateur. Soit. Ja-
» mais je ne ferai rien qui puisse don-
» ner quelque fondement à ces impu-
» tations. Plus je serai dépouillé de l'es-
» time des hommes, plus j'aurai soin de
» me conserver la mienne. Ni crainte,
» ni aucun autre sentiment mal entendu
» ne me fera faire de démarche dont je
» puisse avoir à rougir.

» Vous êtes déterminé à être mon en-
» nemi pour jamais. Je n'ai rien fait
» pour mériter de vous cette haine. J'ai
» toujours eu pour vous de l'estime et
» de la pitié. Pendant bien long-temps,
» j'ai mieux aimé affronter toutes les
» espèces d'infortunes que de révéler le
» secret qui vous tient à cœur. Certes,
» ce n'était pas vos menaces qui me fer-
» maient la bouche! Qu'auriez-vous pu
» me faire souffrir au-delà de ce que
» j'ai enduré? C'est l'humanité qui m'a
» retenu, c'est mon propre cœur, ce
» cœur dans lequel vous auriez dû met-
» tre votre confiance, plutôt que dans

» les mesures violentes que vous avez » adoptées. Quelle est donc cette ven- » geance mystérieuse dont vous voulez » m'épouvanter encore? Vous m'avez » autrefois menacé ; vous ne pouvez me » menacer de rien de pire aujourd'hui. » Vous avez usé le ressort de la terreur. » Faites de moi ce qu'il vous plaira. » Nous m'avez enseigné à vous entendre » avec l'intrépidité du désespoir. Son- » gez-y bien ; je ne me suis porté à la » démarche que vous me reprochez, » que lorsque je me suis cru poussé à » la dernière extrémité. J'avais enduré » tout ce que peut souffrir la nature hu- » maine. Une persécution sans relâche » attachée à mes pas, me tenait dans un » état continuel d'inquiétude et d'an- » goisse. Deux fois le désespoir m'avait » poussé au point d'attenter à mes jours. » Cependant, je suis fâché de m'être laissé » entraîner à la démarche dont vous » vous plaignez ; mais exaspéré par la » continuité de mes souffrances, je n'ai

» pas

» pas eu le moment de la réflexion.
» Même en ce moment je ne sens contre
» vous dans mon cœur aucun sentiment
» de vengeance. Tout ce qui est rai-
» sonnable, tout ce qui peut contribuer
» à votre tranquillité, je suis prêt à le
» faire; mais je ne souscrirai point à
» un acte qui répugne à la raison, à
» l'intégrité, à la justice. »

M. Falkland m'écouta d'un air étonné et impatient. Il n'était pas préparé à me voir déployer autant de fermeté. Plusieurs fois la passion forcenée qui le tourmentait intérieurement se manifesta par des convulsions de rage; plusieurs fois il laissa voir l'intention de m'interrompre; mais il fut retenu par le ton ferme et mesuré de mon discours, et peut-être aussi par le désir de mieux connaître toute la situation de mon ame. Quand il s'aperçut que j'avais fini, il garda un moment le silence; sa passion semblait bouillonner par degrés, jusqu'à ce qu'enfin elle ne pût plus se contenir.

« Bien! bien! dit-il, en grinçant les » dents et frappant du pied. Vous re- » fusez l'accommodement que je vous » offre! Ah! je n'ai pas le pouvoir de » vous persuader! Vous me défiez! au » moins j'ai encore sur vous un genre » de pouvoir; je l'exercerai, ce pouvoir; » ce pouvoir-là vous écrasera en pous- » sière. Je n'entends plus descendre à » aucune explication avec vous. Je sais » ce que je suis et ce que je puis être. » Et vous, je sais ce que vous êtes, et » quel est le sort qui vous attend. »

En disant ces mots, il sortit de la chambre.

Ainsi se passa cette scène mémorable. Elle a laissé sur mon esprit des traces ineffaçables. L'air et la figure de M. Falkland, son état de dépérissement, cette empreinte de mort sur toute sa personne, son énergie et sa fureur plus qu'humaine, les paroles qu'il m'avait adressées, les motifs qui les lui inspiraient, toutes ces images compliquées firent sur moi une impression qu'il m'est impossible de débrouiller et de rendre. L'idée de ses maux faisait frémir jusqu'à la dernière fibre de mon corps. Combien est faible en comparaison, cet enfer imaginaire que le fatal ennemi du genre humain est représenté traînant partout avec soi!

De cette idée, mon ame se porta aussitôt à celle des menaces qu'il avait exhalées contre moi. C'était un mystère indéfinissable. Il m'avait parlé de pouvoir, sans me faire entendre le moins du monde en quoi il imaginait le faire consister. Il avait parlé de peines à m'infliger, sans dire un mot qui pût m'expliquer la nature de ces peines.

Je demeurai assis pendant quelque temps à méditer sur ces pensées. Personne ne paraissait, ni M. Falkland, ni aucun autre pour me troubler dans mes réflexions. Je me levai, je sortis de la chambre, et de la chambre j'allai dans la rue. Personne ne se présenta pour m'arrêter. Chose étrange! Quelle était donc la nature de ce pouvoir dont j'avais tant à craindre, et qui pourtant me laissait en parfaite liberté? Je commençai à me persuader, que tout ce que j'avais entendu de la bouche de mon terrible adversaire, n'était que délire et extravagance, et que sa raison qui n'avait été depuis si long-temps pour lui qu'un instrument de supplice, avait enfin fini par l'abandonner tout-à-fait. Cependant, dans ce cas, était-il à croire qu'il eût été à portée d'employer Gines et son adjoint, comme il venait de s'en servir, dans le dessein qu'il avait formé contre moi?

Je marchai le long des rues avec une extrême précaution. Je regardais devant et derrière moi, autant que l'obscurité pouvait me le permettre, afin de ne pas me trouver encore surpris par quelque violence ou par quelque stratagême imprévu. Je ne quittais pas pourtant l'enceinte de la ville, comme la première fois, car je considérais les rues, les maisons et les habitans comme en quelque sorte des garans de ma sûreté. J'étais toujours à marcher dans cet état de soupçon et de prévoyance, quand j'aperçus Thomas, ce domestique de M. Falkland dont j'ai déjà eu occasion de parler plusieurs fois. Il avança droit à moi, et avec un air trop ouvert pour que je pûsse croire qu'il y eût rien d'insidieux dans son dessein; d'autant moins que Thomas, quoique grossier et sans éducation, m'avait toujours paru mériter, par sa droiture et sa bonté naturelle, une estime particulière.

« Thomas, lui dis-je, à mesure qu'il » approchait, j'espère que vous allez me » féliciter de ce que je suis enfin dé- » livré du danger affreux dont je me » suis vu si impitoyablement menacé » pendant plusieurs mois. »

— « Non, ma foi, répondit dure-

» ment Thomas, je ne vous en féli-
» cite pas. En vérité, si je sais que dire
» de moi dans cette affaire. Pendant que
» vous étiez dans cette prison, si misé-
» rablement accommodé, je me sentais
» presque comme si j'avais eu du tendre
» pour vous; et à présent que tout cela
» est fini, et que vous voilà libre d'aller
» et venir par le monde à suivre votre
» mauvais génie, le sang me bout, rien
» seulement que de vous voir. A vous
» regarder, il me semble que vous êtes
» encore ce petit Williams que j'aimais
» tant, et pour qui j'aurais de bon cœur
» donné ma vie; et pourtant dessous ce
» visage riant est la coquinerie, le men-
» songe et tout ce qu'il y a de plus
» dangereux et de plus abominable au
» monde. Votre dernière action est en-
» core pire que tout le reste. Comment
» avez-vous bien pu avoir le cœur d'aller
» faire revivre cette vilaine histoire de
» M. Tyrrel, dont tout le monde est
» convenu de ne jamais reparler, par

» égard pour notre maître, et dont vous » savez tout aussi bien que moi qu'il est » innocent, comme l'enfant qui naît? » C'est pour tout cela que je voudrais » de toute mon ame n'avoir jamais eu » à vous retrouver devant mes yeux. »

« Vous persistez donc, Thomas, à » penser toujours aussi mal de moi? »

— « Pire! pire! cent fois pire que » jamais! Avant cela, je vous croyais » déjà aussi mauvais qu'il fût possible. » Je ne peux pas en vérité m'imaginer » à présent ce que vous deviendrez un » jour. Mais, ma foi, vous vérifiez bien » le proverbe: Quand une fois le diable » s'est emparé de nous, on ne sait plus » où on s'arrêtera. »

— « Et je ne verrai donc jamais de » terme à mes malheurs? Qu'est-ce que » M. Falkland peut inventer de pire » contre moi, que cette mauvaise opi- » nion et cette haine de tous mes sem- » blables? »

— « M. Falkland inventer! C'est en-

» core le meilleur ami que vous ayez
» dans le monde, quoique vous ayez
» été un si vilain traître à son égard.
» Le pauvre homme! le cœur saigne
» seulement de le regarder; c'est le cha-
» grin et le malheur en personne; et
» en vérité je ne répondrais pas que
» c'est à vous seul qu'il doit cela. Au
» moins vous lui avez donné le coup de
» grace, et c'est vous qui acheverez l'ou-
» vrage de la maladie qui le mine de-
» puis long-temps. Il y a eu un train
» du diable entre lui et l'écuyer Fores-
» ter. L'écuyer s'est mis avec raison dans
» une fureur de possédé contre mon
» maître, de ce qu'il l'a attrapé dans
» l'affaire du procès, et de ce qu'il
» vous a sauvé la vie. Il jure ses grands
» dieux qu'il vous fera reprendre et
» rejuger de plus belle aux assises pro-
» chaines. Mais mon maître est si ré-
» solu au contraire, que je crois bien
» qu'il le raménera à faire sa fantaisie.
» De le voir ainsi tout arranger pour

» votre bien et votre avantage, et » prendre toutes vos méchancetés avec » la douceur d'un agneau, et puis en- » suite de songer à vos infâmes pro- » cédés contre lui, vraiment c'est ce qui » ne se reverra jamais une seconde fois, » quand on ferait tout le tour du monde. » Allons, pour l'amour de Dieu, re- » pentez-vous un peu de vos vilaines » inventions de réprouvé, et faites-lui » seulement la petite réparation qui est » en votre pouvoir! Allons donc, pen- » sez à votre pauvre ame avant qu'il » vous arrive de vous réveiller dans un » déluge éternel de feu et de soufre, » comme cela ne peut pas manquer de » vous arriver un de ces jours. »

En disant ceci, il me tendit la main, et se saisit d'une des miennes. Cette démonstration me parut étrange, mais je la regardai d'abord comme un mouvement involontaire, suite de la ferveur et du zèle de sa pieuse exhortation. Je sentis ensuite qu'il me glissait quelque chose dans la main, puis il me lâcha bien vîte, et partit comme un éclair. Ce qu'il venait de me donner était un billet de banque de 20 livres sterling, et je ne doutai pas qu'il n'eût été chargé de cette mission par M. Falkland.

Que devais-je en inférer? quelle lumière cette circonstance jetait-elle sur les intentions de mon persécuteur? Son animosité contre moi était aussi forte que jamais, je venais d'en avoir l'assurance de sa propre bouche. Cependant quelques restes d'humanité semblaient encore tempérer sa passion. Il prescrivait à cette passion des bornes assez vastes pour y embrasser tout ce qui pouvait servir à satisfaire ses vues, mais c'était la ligne à laquelle il s'arrêtait. Toutefois cette découverte n'apportait à mon ame aucune consolation. Je ne pouvais deviner quelle portion d'infortune j'étais destiné à endurer, avant que sa farouche jalousie et son insatiable soif de réputation pussent se trouver satisfaites.

Il se présentait une autre question. Devais-je recevoir l'argent qui venait d'être remis dans mes mains, l'argent d'un homme qui m'avait causé des maux, moins cruels sans doute que ceux qu'il s'était faits à lui-même, mais enfin les plus grands qu'un homme pût infliger à un autre, qui avait flétri toutes les espérances de ma jeunesse, qui avait anéanti mon repos, qui m'avait rendu un objet d'exécration pour tous les hommes, et avait fait de moi un malheureux proscrit sur la face de la terre, qui avait fabriqué contre moi les plus basses et les plus noires impostures, et qui les avait soutenues avec une constance qui leur avait donné universellement toute la force de la vérité, qui m'avait voué, il n'y avait qu'une heure, une haine implacable, et avait juré de ne mettre aucun terme à sa persécution? Une telle conduite de ma part ne supposerait-elle pas une ame abjecte et lâche? Ne semblerais-je pas ramper devant mon tyran;

et baiser une main toute fumante de mon sang ?

Si ces raisons me paraissaient fortes, il ne laissait pas que d'y en avoir aussi de l'autre côté pour y répondre. J'avais besoin d'argent, non pas pour contenter quelque vice ou quelque fantaisie, mais pour satisfaire les besoins indispensables de la vie. Sans doute l'homme, quelque part qu'il soit placé, doit chercher en lui-même les moyens de se procurer sa subsistance; mais il fallait que je m'ouvrisse une carrière nouvelle, que je me retirasse dans quelqu'endroit éloigné, que je me fisse d'avance un rempart contre la malveillance des hommes et contre les projets inconnus de mon redoutable ennemi. Les moyens actuels d'existence sont la propriété de tous. Qui m'empêcherait donc de prendre ce dont j'avais un besoin réel, quand je le pouvais prendre sans exercer aucune violence, sans m'exposer à aucun risque ? La propriété en question me procurait un véritable avantage et elle passait dans mes mains, sans que le dernier propriétaire en reçût le moindre dommage; quelles autres conditions pourrais-je exiger pour légitimer l'usage que j'en voulais faire. Celui qui l'a possédée avant moi, m'a offensé. Que fait cette circonstance? Change-t-elle la valeur qu'a cette propriété comme moyen d'échange? Peut-être celui-ci se targuera-t-il du service que je reçois de lui! Certes, il n'y a qu'une sotte et lâche timidité qui, sur une telle appréhension irait s'abstenir d'une chose juste en elle-même.

CHAPITRE XIII.

Ces raisonnemens me déterminèrent à garder ce qui m'avait été remis. Ensuite mon premier soin fut de songer au lieu que je choisirais pour y cacher cette triste existence que je venais de dérober à la main des bourreaux. Depuis cette crise, il me semblait que le danger d'être arraché par force au plan auquel je jugerais à propos de me fixer, ne devait plus être aussi grand. D'ailleurs, ce qui influait beaucoup sur ma détermination, c'était le dégoût extrême que j'avais conçu pour les situations par lesquelles il m'avait fallu passer. Je ne pouvais savoir de quelle manière M. Falkland se proposait de diriger sur moi ses vengeances ; mais toute espèce de déguisement m'était si odieuse, l'idée de passer ma vie sous une autre forme que la mienne me causait une aversion tellement insurmontable, qu'il m'était impossible, au moins pour le moment, d'arrêter mon esprit sur rien de semblable. La capitale m'inspirait le même éloignement, en me rappelant tant d'instans passés sous le voile du mensonge et dans l'angoisse de la terreur. Je me décidai donc en faveur du projet qui avait autrefois tant souri à mon imagination, celui de me retirer dans quelque lieu bien éloigné, bien champêtre, au sein de la paix et de l'obscurité, où, pendant au moins quelques années, peut-être pendant la vie de M. Falkland, je pourrais me cacher du monde entier, oublier mes funestes relations avec lui, laisser cicatriser les blessures qu'elles avaient faites à mon ame, diriger et mettre en ordre les nombreux matériaux de mon expérience, cultiver le peu de talens que je possédais, et employer les intervalles de ces occupations à l'exercice d'une innocente industrie et au commerce de quelques bonnes ames sans culture et sans préjugés. Les menaces de mon persécuteur semblaient me prédire la ruine inévitable de cet heureux plan de vie. Mais il me semblait plus sage de mettre ces menaces tout-à-fait hors de compte. Je les comparais à la mort qui, infailliblement doit nous atteindre, sans que nous en sachions le moment, mais dont l'arrivée possible cette année, cette semaine, demain même, n'entre jamais dans les calculs d'un homme qui concerte une entreprise, quelqu'importante qu'elle puisse être.

Telles furent les idées qui déterminèrent mon choix. Ainsi ma confiante jeunesse disposait déjà d'un long avenir dans les plans qu'elle traçait, tandis que l'annonce des malheurs dont j'étais à chaque instant menacé résonnait encore à mon oreille. J'étais endurci à la crainte et aux alarmes; le bruissement des vents, précurseurs de la tempête, n'avait pas même le pouvoir de troubler ma tranquillité. Néanmoins, tant que je devais encore me croire dans la sphère de mon ennemi, je jugeai nécessaire de m'environner de toute la vigilance possible. J'eus grand soin de ne pas m'exposer aux hasards des ténèbres ou de la solitude. Quand je quittai la ville, ce fut avec le carrosse public, moyen de protection bien assuré contre toute violence ouverte. Toutefois, je ne me trouvais pas plus inquiété dans ma marche que si je n'avais pas eu la moindre raison de rien craindre. A mesure que la distance augmenta, je me relâchai de quelque chose dans mes précautions, quoique toujours en éveil par un sentiment de danger, et constamment poursuivi par l'image de mon persécuteur. Je fixai mon choix sur une petite ville du pays de Galles. Dans la recherche que je faisais d'une demeure, mes regards s'arrêtèrent avec plaisir sur cet endroit qui était dans une situation riante, et annonçait à-la-fois la propreté et la simplicité. Il était éloigné de tout chemin public et fréquenté, et n'avait aucun commerce ou du moins rien qui en méritât le nom. La nature y avait l'aspect le plus agréablement diversifié, offrant dans une partie, des sites agrestes et tout-à-fait romantiques, et exposant dans l'autre de riches et abondantes productions.

Quand j'eus choisi cette ville pour m'y fixer, je me mis à y exercer deux professions différentes; la première, celle d'horloger, où le peu d'instruction que j'avais reçue ne laissait pas d'être assez heureusement secondé par une imagination fertile en inventions mécaniques; la seconde, de maître de mathématiques et des sciences pratiques qui en sont l'application, telles que la géographie, l'astronomie, l'arpentage et la navigation. Dans l'obscure retraite que j'avais adoptée, aucune de ces deux professions ne pouvait être une source d'émolument fort abondante; mais si ma recette était faible, ma dépense l'était encore plus.

Dans ce petit endroit je fis la connaissance du curé, de l'apothicaire, de l'avocat et des autres personnes qui, de tout temps, avaient été regardées comme la petite noblesse du lieu. Chacun d'eux réunissait un grand nombre d'emplois différens. A moins de voir le curé le jour du dimanche, il aurait été difficile de deviner sa profession. Les autres jours de la semaine, sa main évangélique ne se faisait aucun scrupule de conduire la charrue ou de ramener les vaches des champs à la ferme pour les traire. L'apothicaire faisait au besoin l'office de barbier, et l'avocat était aussi le maître d'école de l'endroit.

Toutes ces personnes m'accueillirent avec une bonne et franche hospitalité. Chez les gens qui vivent ainsi loin du tourbillon des sociétés nombreuses, il règne un esprit de bonhomie et de confiance qui facilite bientôt à un étranger les moyens de gagner leur bienveillance. Dans les divers événémens de ma vie, mes manières avaient toujours assez conservé la simplicité de la vie champêtre, et les traverses que j'avais eues à endurer avaient encore ajouté à la douceur naturelle de mon caractère. Sur le nouveau théâtre où je me trouvais placé, je n'avais point de rival. Ma profession mécanique, jusques alors n'y avait pas été exercée par un ouvrier à demeure, et le maître d'école, qui n'aspirait nullement aux hautes sciences que je me proposais d'enseigner, était disposé à m'admettre volontiers pour son adjoint dans l'entreprise de civiliser les esprits rustiques des habitans du lieu. Quant au curé, il ne s'occupait guères de civilisation; son affaire était de songer aux choses d'une autre vie et non pas aux intérêts charnels de ce bas monde: à parler vrai, ses vaches et ses avoines étaient le premier objet de ses pensées.

Le genre de monde parmi lequel je vivais avait peut-être beaucoup plus de prise sur mon cœur qu'il n'en aurait eu sur toute autre personne d'un esprit cultivé au même degré que le mien. J'avais acquis en peu de temps une profonde expérience de la société, telle que les rangs et les distinctions la constituent. Cette simple et agreste communauté dont j'étais devenu membre, où la franchise et la candeur accompagnaient l'ignorance, avait une sorte de ressemblance grossière avec cette belle simplicité à laquelle aspire une ame grande et élevée. Je n'y voyais aucunes traces de duplicité ni de malice; c'en était assez pour me réconcilier avec la rudesse des formes, la petitesse des vues, l'uniformité de sensations et les autres inconvéniens que j'y pouvais trouver. Si j'aurais pu bien long-temps passer sur tous ces défauts en faveur des avantages, c'est ce que je ne puis assurer. Pour le moment, tout couvert encore des contusions douloureuses de mes persécutions, saignant de toutes mes plaies, le repos et la tranquillité étaient pour moi le premier des biens.

J'étais comme si mes facultés excédées par la tension surnaturelle où elles avaient été obligées de se monter, fussent tombées, pour l'instant, dans une sorte d'affaissement qui leur rendait absolument indispensable un intervalle de suspension. Cette disposition d'esprit ne fut pourtant que momentanée. J'étais doué naturellement d'une grande activité ; les peines que j'avais eues à endurer, en exerçant continuellement ma sensibilité, avaient probablement beaucoup ajouté à l'énergie de mes facultés. Je sentis bientôt le besoin de quelque occupation forte et attachante. Le hasard me fit alors découvrir, dans un recoin abandonné, chez un de mes voisins, un dictionnaire général de quatre des langues du nord. Personne ne savait comment ce livre se trouvait là. Je l'achetai et l'emportai chez moi comme une conquête. Cette circonstance décida le sujet de mes méditations. Dans ma jeunesse, je m'étais un peu occupé des langues. Je me déterminai à entreprendre, ne fût-ce que pour mon usage, une généalogie historique de la langue anglaise. Je m'aperçus bientôt que ce genre d'application avait un avantage particulier pour moi, vu la situation où je me trouvais, c'est qu'avec un petit nombre de livres je pouvais me donner de l'occupation pour long-temps. J'achetai d'autres dictionnaires. Dans toutes mes autres lectures, j'avais soin de noter les divers sens dans lesquels les mots étaient employés, et ces remarques me servaient à éclaircir mes recherches étymologiques. Je travaillais avec une assiduité sans relâche, et mes matériaux grossissaient à vue d'œil. Ainsi je trouvai le moyen de distraire totalement ma pensée du souvenir de mes infortunes.

Dans cet état si doux et si analogue à la disposition de mon ame, les semaines s'écoulaient les unes après les autres sans trouble et sans alarmes. Chaque jour contribuait à me faire gagner quelque chose dans l'estime de mes bons et honnêtes voisins. Au premier abord, ils m'avaient regardé avec surprise comme un objet de curiosité; mais une plus intime connaissance leur avait bientôt fait voir qu'il n'y avait rien en moi qui n'annonçât de l'honnêteté et de la franchise, et que si j'étais en état de leur donner, quand ils me le demandaient, des instructions sur des matières extrêmement au-dessus de leurs occupations habituelles, avec cela je ne me targuais nullement de cette supériorité de savoir, et je ne m'en donnais pas plus d'importance. Les points sur lesquels je différais d'eux n'engendraient pas de jalousie. Mon genre de vie était plus retiré et plus sédentaire que celui de mes voisins; mais je puis affirmer, comme la vérité la plus pure et la plus exacte, que ma réputation généralement établie parmi eux était celle d'un homme de beaucoup de savoir et de connaissances, du caractère le plus doux et le plus égal, et disposé en toute occasion à rendre service à qui que ce fût.

Plongé dans cette douce tranquillité, il y avait des momens où j'allais jusqu'à oublier qu'il y eût un Falkland dans le monde. Et quand cette idée venait m'assaillir, je savais quelquefois m'en servir pour rehausser encore à mes yeux le prix du calme si peu espéré dont je jouissais. La situation dans laquelle je me trouvais n'était pas très-différente de celle où j'avais passé mes premières années, avec cet avantage que mon ame avait plus de vigueur et mon jugement plus de maturité. Je commençais à regarder l'espace intermédiaire entre ces deux époques comme le songe d'une imagination malade et souffrante, ou plutôt je me sentais au même état qu'un homme revenu à son bon sens, après six mois passés dans le transport et le délire, et au milieu des rêves les plus alarmans et les plus horribles. Quand je repassais dans mon esprit les épreuves inouies par lesquelles j'avais passé, cette idée n'était pas sans quelque satisfaction, comme étant le souvenir d'un mal qui n'est plus, et chaque jour ajoutait à l'espérance d'en être délivré pour jamais. Certainement les sombres et effrayantes menaces de M. Falkland étaient plutôt les suggestions du dépit et de la rage que le résultat d'un projet réfléchi et concerté. Oh ! combien mon sort me paraîtrait au-dessus de tous les autres hommes ! comme je savourerais mon bonheur, si après tant de terreurs et d'alarmes je me voyais enfin tout-à-coup rétabli dans la jouissance des droits d'une créature humaine !

Tandis que j'étais ainsi à charmer ma solitude par ces douces illusions, il arriva que quelques maçons avec leurs compagnons furent appelés dans le lieu, d'une distance de cinq à six milles, pour y travailler à quelques ouvrages en une des meilleures maisons de l'endroit dont le locataire venait de changer. Aucun événement sans doute ne serait moins remarquable sans le rapport étrange qui se trouva entre l'époque de leur arrivée, et celle du changement subit qui se fit dans ma situation. Ce changement se manifesta par une sorte de froideur et de réserve que je remarquai d'abord dans une personne et puis dans une autre de ma nouvelle société. On paraissait chercher à éviter de lier conversation avec moi, et on répondait à mes demandes d'un air contraint et embarrassé. Quand on me rencontrait dans la rue ou dans les champs, les figures semblaient s'obscurcir, et on s'arrangeait pour esquiver mon abord. Mes écoliers me quittèrent les uns après les autres, et il ne me vint plus d'ouvrage dans mon autre profession. Il me serait impossible de rendre les sensations que produisit sur moi le progrès graduel mais continu de cette cruelle révolution. Il semblait que je fusse atteint d'un mal contagieux qui mettait chacun dans la nécessité de me fuir et de me laisser périr seul et sans secours. Je demandais aux uns et aux autres de vouloir bien m'expliquer ce que signifiait cette conduite envers moi; mais on éludait mes demandes; on y répondait d'une manière équivoque et évasive. Je voulais quelquefois m'imaginer que c'était une prévention de ma part, mais la répétition des mêmes épreuves et encore plus l'anéantissement progressif de tous mes moyens de subsistance ne me convainquirent que trop de la réalité de mon infortune. Rien n'est peut-être plus capable de donner à l'ame une commotion pénible qu'un changement marqué dans la conduite de nos semblables envers nous, sans que nous puissions l'attribuer à aucune raison plausible. J'étais comme l'arbre frappé du fatal vent du nord, dont les branches tombent l'une après l'autre, et qui n'offre plus qu'un tronc dépouillé, triste et honteux monument de son ancien état. Ne pouvant assigner aucune cause à cette disgrace générale, j'étais souvent porté à me figurer que mon imagination égarée s'était créé cet horrible fantôme. Je faisais tous mes efforts pour secouer cette fatale illusion et reprendre mon premier état de contentement et de bonheur, mais en vain. Ajoutez que ne connaissant pas la source du mal, le voyant toujours s'accroître, et lui trouvant, pour ce que je pouvais en appercevoir, tous les caractères de l'arbitraire, il m'était impossible de deviner à quel point il s'arrêterait ou à quel degré il finirait par m'accabler tout-à-fait.

Néanmoins, au milieu de cette situation si étonnante, et en apparence si inexplicable, une idée vint tout-à-coup se présenter à moi, et dès-lors je ne fus plus le maître de la chasser de mon esprit. *C'est Falkland !* En vain je cherchais à m'en défendre sur le peu de probabilité de cette supposition; en vain, je me disais : « M. Falkland, tout ingénieux et fécond qu'il soit dans ses ressources, n'agit pourtant que par des moyens humains et non surnaturels. Il peut bien m'atteindre par surprise et d'une manière tout-à-fait au-dessus de ma prévoyance; mais encore ne peut-il produire d'effets remarquables sans quelque agent sensible, quelque difficile qu'il puisse être d'en suivre la trace jusques au premier moteur. Il n'est pas comme ces êtres invisibles qu'on suppose se mêler quelquefois des choses humaines, qui volent partout sur l'aîle des vents, et qui s'enveloppant de nuages et de ténèbres impénétrables, versent de-là la désolation sur la terre. » C'était ainsi que je cherchais à me tromper moi-même pour me persuader que mes malheurs actuels avaient une autre source que les premiers. Croire encore à l'existence et à la continuité de ma première chaîne d'infortunes, était la plus épouvantable des idées possibles, près de laquelle tout autre mal n'était rien. D'une part, l'incohérence de mes idées sur ma situation présente ; si je n'y faisais pas entrer pour quelque chose les machinations de M. Falkland ; de l'autre, l'horreur résultante de la seule possibilité d'avoir encore à lutter contre sa haine après une suspension de plusieurs semaines, une suspension que j'avais crue éternelle, ces deux genres de torture me déchiraient en sens contraires. C'était un siècle qu'un intervalle de quelques semaines pour un homme aussi profondément malheureux que je l'avais été pendant long-temps. Mais tous mes efforts ne pouvaient réussir à bannir de mon esprit cette terrible idée. Le génie et la persévérance de M. Falkland avaient fait dès l'origine une telle impression sur moi, que je ne me figurais pas que rien lui fût impossible. Il ne s'agissait pas ici de calculer jusqu'où peut aller la puissance de l'esprit humain sur les causes matérielles ; M. Falkland avait toujours été pour mon imagination un être incompréhensible, et je ne me croyais pas en état d'entreprendre d'analyser ses moyens et ses ressources.

Mon esprit était dans cette affreuse perplexité, et déjà la situation de mes affaires m'avait obligé de penser à changer de demeure, lorsqu'il survint une nouvelle circonstance qui tendit à lever une partie du voile. Dans le vrai, rien ne m'était plus nécessaire à ce moment que d'obtenir quelque éclaircissement. Tant que je ne pourrais rien comprendre à la cause de mon infortune actuelle, il m'était impossible de dire en quel lieu je chercherais une retraite, et quelle précaution mon intérêt m'obligeait de prendre. L'incident dont je parle, me sauva au moins de la nécessité de marcher tout-à-fait au hasard.

Je revenais un soir d'une de mes courses à pied dans les montagnes. Il est vraisemblable que mon retour fut un peu plus prompt qu'il ne l'était ordinairement en pareil cas. Quoi qu'il en soit, quand je rentrai dans la maison où j'avais un logement, aucune des personnes qui l'habitaient ne s'y trouva pour le moment. La femme et les enfans avaient été prendre le frais ; le mari était dehors à ses occupations ordinaires. Dans ce pays on ne ferme les portes, pendant le jour, qu'au loquet. Ainsi j'ouvris moi-même, et j'entrai dans la cuisine. Comme mes yeux se portaient indifféremment de côté et d'autre, ils tombèrent par hasard sur un papier posé dans un coin, qui, par je ne sais quelle liaison d'idées que je ne saurais expliquer, me fit naître de la curiosité et du soupçon. Je courus à l'endroit où il était, je m'en saisis, et je lus, quoi ? *La merveilleuse et surprenante histoire de Caleb Williams*, ce même écrit qui m'avait causé de si affreuses angoisses dans les derniers momens de mon séjour à Londres.

Cette découverte m'éclaircit tout-d'un-coup le mystère que je n'avais pu comprendre. Une affreuse certitude succéda aux doutes qui m'avaient tourmenté. L'effet de la foudre n'est ni plus rapide, ni plus terrible; je restai anéanti.

Il n'y avait donc plus d'espérance pour moi! Il ne me servait à rien d'avoir été acquitté? L'avenir, le passé ne m'offraient aucun moyen de soulagement dans mes souffrances! L'odieuse et atroce imposture inventée contre moi, était donc destinée à me suivre partout, à flétrir partout ma réputation, à m'enlever partout l'intérêt et la bienveillance de mes semblables, à m'arracher partout jusqu'à l'aliment nécessaire au soutien de ma vie!

La certitude de voir le terme de la tranquillité dont j'avais joui; l'affreuse perspective de trouver dans chaque retraite les mêmes sentimens de haine, me causèrent une douleur mortelle, où pendant peut-être l'espace d'une demi-heure je fus absolument hors d'état de former une pensée raisonnable, ni de prendre une résolution. Aussitôt que je fus sorti de cet état d'épouvante et de stupeur, et que mon esprit fut délivré de ce calme de mort qui enchaînait toutes ses facultés, alors il s'y éleva tout-d'un-coup comme un vent impétueux et irrésistible qui m'entraîna à abandonner sur-le-champ la retraite qui m'avait été si chère. Je ne trouvai pas en moi la patience d'entrer en explication avec ces bons villageois. J'avais été trop souvent témoin des triomphes de l'imposture pour mettre dans mon innocence cette confiance assurée qu'elle aurait pu donner à toute autre personne de mon âge et de mon caractère. Je ne pouvais pas supporter l'idée d'entreprendre ainsi d'arracher en détail, et l'un après l'autre, les traits envenimés qui pleuvaient partout sur moi. Si jamais je me trouvais réduit à la nécessité d'aller au-devant de mes ennemis, si je me voyais forcé dans toutes mes retraites, comme l'animal sauvage qui n'a plus d'autre ressource que de revenir sur ses pas et de s'élancer sur les chasseurs, alors je m'élancerais sur le véritable auteur de cette inique persécution. J'irais attaquer la calomnie jusques dans son fort; je m'animerais d'une énergie toute nouvelle; je tenterais des efforts dont je n'avais pas encore eu l'idée, et par la fermeté, l'intrépidité et l'inébranlable constance qu'on me verrait déployer, je saurais bien encore forcer les hommes à croire que Falkland était un imposteur et un assassin.

CHAPITRE XIV.

Je me hâte d'arriver à la conclusion de ma déplorable histoire. C'est peu après l'époque où elle se trouve conduite à présent, que j'ai commencé à l'écrire. C'était encore une ressource qui m'avait été suggérée par le désir d'échapper par tous les moyens possibles au sentiment de mes malheurs. La précipitation avec laquelle je quittai le pays de Galles où j'eus bientôt la confirmation de mes craintes du côté de M. Falkland, j'avais laissé tous les matériaux de mes recherches étymologiques, et ce que j'avais déjà composé sur cette matière. Je n'ai jamais pu me décider depuis à reprendre cet ouvrage. On a difficilement le courage de recommencer une tâche laborieuse, et on est peu disposé à faire des efforts pour se remettre dans une position qu'on a déjà connue. Je ne savais pas d'ailleurs si je ne serais pas encore bientôt obligé de quitter inopinément toute autre retraite que je viendrais à choisir ; et pour un état aussi incertain et aussi précaire, l'étude que j'avais commencée entraînait un appareil trop volumineux et trop embarrassant. Un tel dérangement ne faisait qu'ajouter à mes contrariétés et ne servait qu'à me rendre plus douloureux et plus sensibles les traits de l'ennemi continuellement attaché à mes pas. Ajoutez à cela qu'un travail abstrait n'était plus un remède convenable à mon état et s'accordait trop mal avec le tumulte et l'agitation de mes pensées. C'est ainsi que chaque objet de consolation m'était arraché l'un après l'autre, et que je voyais successivement disparaître tout ce qui était bonheur, ou du moins m'en offrait l'image. La composition de ces mémoires a été pour moi, pendant plusieurs années, un moyen de distraction. J'ai trouvé pendant quelque temps une triste consolation à les écrire. J'aimais mieux faire revenir mes pensées sur cette longue suite de calamités que j'avais eues à essuyer, que de les porter en avant, comme je n'y avais été que trop accoutumé autrefois, sur les malheurs que l'avenir pouvait me réserver. Il me semblait que mon histoire, déduite avec candeur et fidélité, porterait avec elle une empreinte de vérité si frappante, que peu d'hommes pourraient y résister; et au moins, qu'en laissant après moi ces tristes mémoires, quand je cesserais d'exister, la postérité aimerait à me rendre justice, et que les hommes, instruits par mon exemple, du déluge de maux que la constitution actuelle de la société entraîne sur leur tête, tourneraient enfin leur attention vers la source d'où découlent habituellement ces eaux de douleur et d'amertume. Mais ces motifs ont perdu de leur influence pour moi. J'ai fini par contracter un dégoût de la vie et de tout ce qui l'accompagne. Ce plaisir que je goûtais à écrire, est devenu maintenant un fardeau. Je resserrerai dans peu d'espace ce qui me reste à dire.

Peu de temps après l'époque où je suis resté, je découvris la cause précise de ce changement mystérieux qui s'était fait à mon égard, dans ma demeure du pays de Galles, et je trouvai dans cette cause le présage de ce que l'avenir pouvait me réserver ailleurs. M. Falkland avait pris à sa solde l'infernal Gines, l'homme le plus propre, sous tous les rapports, au service abominable qu'on attendait de lui; d'abord par son caractère naturellement cruel et impitoyable, ensuite par les habitudes de son esprit rempli à-la-fois d'audace et d'artifice; et enfin par la haine envenimée et l'implacable vengeance qu'il m'avait jurée. L'emploi pour lequel cet homme était payé, consistait à me suivre de place en place, à l'effet d'y détruire ma réputation et m'ôter la chance d'y acquérir, par une longue résidence, un caractère d'intégrité capable de donner quelque poids à mes dénonciations, si je tentais par la suite de les renouveler. Il était venu dans le lieu de ma retraite, avec les maçons et ouvriers dont j'ai parlé; et tout en prenant les plus grandes précautions pour n'être pas aperçu de moi, il avait eu soin de répandre de tous côtés ce qui était le plus propre à ses vues, c'est-à-dire, à me faire passer aux yeux de mes voisins pour le plus pervers et le plus infâme de tous les hommes. Ce fut lui, sans aucun doute, qui avait fait circuler ce détestable papier que j'avais trouvé avant mon départ dans la maison où je logeais. Dans tout ceci, M. Falkland, raisonnant toujours d'après ses principes, ne faisait que prendre des précautions nécessaires. Il y avait dans son caractère quelque chose qui lui faisait envisager avec horreur l'idée de mettre, par quelque moyen violent, fin à mon existence ; en même-temps que, malheureusement pour moi, il ne se trouvait jamais suffisamment à l'abri des récriminations que je pouvais faire contre lui, tant qu'il me savait en vie. Quant à son affreux traité avec Gines, il était bien loin de vouloir qu'un tel fait fût généralement connu ; mais aussi la possibilité qu'il le fût, ne l'effrayait pas. Il n'était que trop public, et plus même qu'il ne l'eût désiré, que j'avais avancé contre lui les charges les plus odieuses. S'il m'avait en horreur, comme l'ennemi déclaré de sa réputation, je n'étais pas vu d'un autre œil par les personnes qui avaient eu occasion de se mettre au fait de toute notre histoire. Quand elles seraient venues à apprendre toutes les peines qu'il se donnait pour que ma mauvaise réputation me suivît partout, elles auraient regardé ces démarches de sa part, comme des actes de justice et d'impartialité, peut-être même comme l'effet d'une généreuse sollicitude pour le bien public, et du désir d'empêcher que les autres ne fussent, ainsi que lui, victimes de mon hypocrisie.

Quel expédient emploirais-je donc pour échapper à cette barbare vigilance qui s'attachait à mes pas, quelque part qu'ils se portassent pour me priver partout des bienfaits et des consolations de la société de mes semblables? Il y en avait un contre lequel mon aversion était fortement déclarée; c'était le déguisement de ma personne. J'avais essuyé de si dures mortifications, il avait fallu me soumettre à des contraintes si pénibles, quand j'avais fait usage de cette ressource, elle s'associait dans mon esprit à des sensations si douloureuses, que j'étais absolument convaincu d'une chose, c'est que la vie ne valait pas d'être achetée à si haut prix. Mais, quoique mon parti fût irrévocablement pris sur ce point, il y avait un autre article qui ne me paraissait pas aussi important, et sur lequel j'étais décidé à passer condamnation dans les circonstances où je me trouvais. L'expédient peu noble de se donner un faux nom, était une mesure à laquelle je me soumettais volontiers, si elle pouvait m'assurer la tranquillité.

Mais le changement de nom, les émigrations brusques et furtives d'un lieu à un autre, la distance et l'obscurité des retraites, toutes ces précautions étaient insuffisantes pour éluder la sagacité de l'exécrable Gines, ou pour fatiguer l'inexorable constance avec laquelle M. Falkland excitait ce génie infernal à ma poursuite. Quelque part que je me retirasse, il ne se passait pas longtemps sans que j'eusse occasion de voir sur mes traces cet infatigable démon. Je n'ai pas de mots pour rendre les sensations que produisit en moi cette persécution opiniâtre. Il était pour moi ce qu'on a dit de l'œil éternel et redoutable, qui suit partout le coupable pécheur, et dont l'éclair réveille en lui l'aiguillon du remords, à chaque fois que la nature épuisée semble vouloir assoupir un moment le tourment de sa conscience. Le sommeil avait fui de mes yeux; il n'y avait plus de repos pour moi, plus aucun genre de soulagement; jamais je ne pouvais compter sur un instant de sécurité; jamais il ne m'était donné de reposer ma tête une seule minute dans le sein de l'oubli. Il n'y avait pas de murailles qui pussent me dérober à sa surveillance; pas un endroit où son art diabolique ne trouvât le moyen de me créer de nouvelles peines. Le moment où je ne le voyais pas sur mes traces, était empoisonné par l'affreuse certitude de sentir sa présence l'instant d'après. Dans ma première retraite, j'avais été bercé pendant quelques semaines dans une trompeuse sécurité; mais je n'étais plus même assez heureux pour en saisir seulement l'ombre. J'ai passé quelques années dans cette affreuse vicissitude de tourmens et d'amertumes. Quelquefois la situation de mon essprit approchait de la démence. Je suivis à chaque fois la conduite que j'avais d'abord adoptée. Je me déterminai à ne jamais entrer dans une discussion ouverte avec Gines. A quoi m'aurait-il servi de chercher à établir ma défense. L'exposé que j'avais à faire était incomplet, et si cette histoire, quoique mutilée et imparfaite, avait néanmoins paru satisfaisante à quelques personnes prévenues en ma faveur par un long commerce, je ne pouvais pas espérer qu'elle eût le même succès avec des étrangers. D'ailleurs, cette justification m'avait suffi tant que j'avais pu me soustraire à la vigilance de mes persécuteurs; mais en serait-il de même à présent que je n'avais plus aucun moyen de les éviter, et que c'était en armant à-la-fois tout un pays contre moi qu'ils me faisaient la guerre.

Il est impossible de se faire une idée

de tous les maux qu'entraînait après soi un pareil genre d'existence. Une aggravation continuelle des privations et des dégoûts de l'indigence en était la conséquence inévitable. Dans chacune de ces occasions, ce fut par un abandon universel que je fus instruit de mon sort. Alors, tout retard n'eût servi qu'à augmenter le mal, et quand je fuyais, c'était la honte et la misère qui s'attachaient à mes pas; mais je bravais encore tous ces maux. Tantôt l'indignation, tantôt une invincible persévérance me tinrent lieu de soutien, lorsque l'humanité laissée à elle seule eût probablement succombé.

On a déjà pu voir que je n'étais pas d'un caractère à endurer l'infortune, sans mettre en usage tous les moyens que je pouvais imaginer pour la tromper et la désarmer. En repassant dans mon esprit, comme j'en avais souvent l'habitude, les différens projets qui pouvaient améliorer mon sort, je vins une fois à me faire cette question : « Mais, » pourquoi me laisserais-je harceler tou- » jours par ce Gines ? N'est-ce pas un » homme opposé à un homme ? Et pour- » quoi ne viendrais-je pas à bout, en » exerçant toutes mes facultés, de pren- » dre l'ascendant sur lui ? Aujourd'hui » il semble être le persécuteur, et moi » le persécuté ; cette différence n'est- » elle pas toute entière dans mon ima- » gination ? Ne puis-je pas employer » toute mon industrie à le vexer lui- » même, à lui susciter mille difficultés, » et à rire des travaux sans fin auxquels » je vais le condamner à mon tour ».

Hélas ! trompeuse et vaine spéculation ! Ce n'est pas dans la persécution en elle-même, c'est dans la catastrophe qui en est le terme que consiste la différence entre le tyran et sa victime ! Sous le rapport de la fatigue corporelle, le chasseur est peut-être de niveau avec le misérable animal qu'il poursuit. Mais se pouvait-il faire que l'un ou l'autre de

nous

nous oubliât qu'à chaque poste où il me relançait, Gines satisfaisait son infernale malice, en semant sur mon compte les bruits les plus atroces et en excitant contre moi l'exécration de toutes les ames honnêtes, tandis que moi, mon rôle était de voir s'anéantir autant de fois mon repos, mon honneur et mes moyens de subsistance? Y avait-il quelque raffinement de ma raison qui pût convertir en une lutte d'esprit et d'adresse cet affreux enchaînement d'infortunes? Non, je n'avais pas une philosophie capable d'un effort aussi extraordinaire. Quand même, dans d'autres circonstances j'aurais pu m'abandonner à une illusion aussi étrange, n'étais-je pas enchaîné ici par la nécessité de pourvoir à ma subsitance; et dans les formes actuelles des sociétés humaines, comment mes efforts auraient-ils pu se dégager des fers de cette dure nécessité?

Dans l'un de ces changemens de demeure auxquels ma malheureuse destinée m'obligeait sans cesse, il m'arriva de rencontrer sur une route qu'il me fallait traverser, mon premier, mon meilleur ami, le vénérable Collins. Par une de ces circonstances qui ont contribué à accumuler tant d'infortunes sur ma tête, cet honnête homme avait quitté l'Angleterre quelques semaines seulement avant ce fatal revers qui a été l'époque de tous mes malheurs. Outre les grands revenus qu'il possédait dans son pays natal, M. Falkland avait une plantation très-considérable aux Indes occidentales. Cette propriété avait été fort mal régie par la personne qui en avait la direction sur les lieux; et après grand nombre de promesses et de défaites de sa part, qui servirent bien à amuser pendant quelque temps la patience de M. Falkland, mais qui finirent par ne rien produire, il fut résolu définitivement que M. Collins irait en personne pour remédier aux abus de cette mauvaise administration. Il avait de plus été question qu'il resterait plusieurs années dans l'habitation, si même il ne s'y établissait pas tout-à-fait. Depuis cette époque jusqu'à présent, je n'avais pas eu la moindre nouvelle de lui.

J'avais toujours regardé comme une de mes plus cruelles disgraces son absence dans un moment aussi critique. M. Collins avait été une des premières personnes, à compter même de mon enfance, qui m'eût distingué comme donnant des espérances peu ordinaires, et en conséquence il avait contribué plus que tout autre à encourager mes dispositions, et à m'aider dans mes études. Il avait été l'administrateur de la petite fortune que m'avait laissée mon père, et c'était en considération de l'attachement mutuel qui existait entre nous, que celui-ci l'avait chargé en mourant de cette mission de confiance; enfin, sous tous les rapports, c'était de toutes les créatures humaines celle à la protection de laquelle je semblais avoir le plus de droit. J'avais toujours pensé que, s'il eût été présent au moment de la fatale crise, il aurait été convaincu de mon innocence, et qu'avec cette conviction, il m'aurait si puissamment aidé de toute l'énergie de son ame et de toute l'autorité de l'estime et du respect dont il jouissait, qu'il m'aurait épargné la plus grande partie des maux qui avaient fondu sur moi.

Aussi, rien ne pouvait-il me causer de plaisir plus vif et plus pur que cette rencontre. Nous fûmes quelque temps avant de nous reconnaître l'un l'autre. M. Collins, depuis que je ne l'avais vu, était au moins vieilli de dix ans, sans compter qu'il était pour le moment dans un état de mauvaise santé qui le faisait paraître plus pâle et plus maigre. Ces mauvais effets avaient été produits par le changement de climat dont l'influence se fait sentir encore plus particulièrement sur les personnes déjà avancées en âge. Ajoutez à cela qu'en ce moment je le croyais aux Indes occidentales. Vraisemblablement, depuis l'intervalle de notre séparation, je n'étais pas moins changé que lui. Je fus le premier à le reconnaître. Il était à cheval, et moi à pied. Je l'avais laissé passer devant moi. L'instant d'après, je me le remis parfaitement; je courus, j'appelai avec force et impétuosité ; je n'étais pas le maître de contenir la véhémence de mon émotion.

L'ardeur qui m'emportait avait altéré mon son de voix habituel ; sans cela, M. Collins l'aurait infailliblement reconnu. Il avait déjà la vue presqu'éteinte, il arrêta son cheval jusqu'à ce que je pusse arriver à lui, puis me dit : « Qui êtes-vous ? je ne vous connais » pas. »

« Mon père, m'écriai-je, en embrassant avec transport un de ses genoux, » c'est votre fils ! c'est votre pauvre » Caleb qui a reçu de vous tant de » marques de tendresse et de bonté. »

En entendant prononcer mon nom, mon vieil ami ne put se défendre d'une émotion qui se manifesta par une sorte de frémissement ; toutefois, ce mouvement fut un peu modéré par l'âge et par cette philosophie calme et bienfaisante qui formait un des traits les plus remarquables de son caractère.

« Je ne m'attendais pas à vous voir,
» repliqua-t-il....... Je ne le désirais
» pas. »

« Mon ami, mon meilleur, mon pre-
» mier ami ! répondis-je avec un ton
» où l'impatience et le respect se con-
» fondaient ensemble, ne me parlez pas
» ainsi. Dans le monde entier, je n'ai
» pas un autre ami que vous. Que je
» trouve au moins de l'intérêt dans
» votre cœur ! Que j'y trouve un peu
» de la tendre affection que je vous
» porte ! Ah ! si vous saviez combien
» j'ai soupiré après vous, pendant tout
» le temps de votre absence, vous ne
» voudriez pas me refuser ainsi de

» goûter sans amertume le bonheur de » vous revoir. »

« Eh ! si vous êtes réduit à cette dé» plorable situation, me dit-il d'un ton » sévère, quelle en est la cause? N'est-ce » pas une conséquence inévitable de » vos actions ? »

— « Des actions des autres et non » pas des miennes ! Ah ! votre cœur » doit vous dire que je suis innocent. »

— « Non, j'ai toujours pensé en ob» servant de bonne heure vos disposi» tions, que vous seriez un homme ex» traordinaire. Mais malheureusement » les hommes extraordinaires ne sont » pas toujours des hommes vertueux ; » il semble, hélas ! que ce soit une » loterie où les plus petites circons» tances décident de l'événement. »

— « Voulez-vous m'entendre ? Je » suis sûr, comme de ma propre exis» tence, que j'ai de quoi vous con» vaincre de la pureté de ma conduite. »

— « Certainement, si vous l'exigez,

» je vous entendrai. Mais ce ne peut » pas être pour l'instant. J'aurais dé- » siré de grand cœur m'épargner tout- » à-fait cette pénible tâche. Les impres- » sions violentes sont peu faites pour » mon âge, et puis je n'ai pas la même » impatience que vous pour désirer le » résultat de cette explication. Que vou- » driez-vous me persuader ? Que M. Fal- » kland est un imposteur et un assassin ! »

Je ne répondis rien. Mon silence était lui-même une réponse affirmative à cette question.

« Et quel avantage résulterait-il d'une » telle conviction ? Je vous ai connu » pour un enfant d'une haute espérance, » dont les inclinations pouvaient tour- » ner d'un côté ou de l'autre, suivant » les circonstances. J'ai connu M. Fal- » kland dans la maturité de son âge, et » je l'ai toujours admiré comme un mo- » dèle de bienfaisance et de générosité. » Si vous alliez changer toutes mes » idées, et me faire voir qu'il n'y a

» pas de signe auquel on puisse distinguer, sans se méprendre, le vice
» de la vertu, quel bien m'en reviendrait-il? Il me faudrait donc renoncer à toute espèce de consolation intérieure, à toute espèce de relation
» au-dehors. Et à quelle fin ? Quel but
» vous proposez-vous ? Est-ce de faire
» périr M. Falkland par la main d'un
» bourreau ? »

— « Non, non. Je ne voudrais pas
» lui ôter un cheveu de la tête, à moins
» de m'y voir forcé par le soin de ma
» propre défense. Mais sûrement vous
» voulez me rendre justice ! »

— « Et quelle justice? Celle de publier votre innocence ? Vous savez
» quelle en serait la conséquence infaillible. Mais je ne crois pas que vous
» réussissiez à me persuader que vous
» êtes innocent. Quand même vous
» viendriez à bout d'embarrasser mon
» esprit, vous ne parviendrez jamais

» à l'éclairer. Telle est la malheureuse » destinée des choses humaines, que » lorsque l'innocence se trouve une fois » enveloppée dans des soupçons, elle ne » peut guères espérer de porter sa jus- » tification jusqu'à l'évidence, tandis » que le crime peut souvent faire naître » en nous une répugnance invincible à » le juger comme tel. C'est donc pour » acheter une si triste incertitude qu'il » faut que j'abandonne tout ce qui me » reste encore de consolations dans la » vie. Je crois M. Falkland un homme » vertueux, mais je sais qu'il est imbu » de préjugés. Il ne me pardonnerait » même pas de vous avoir parlé, dans » cette rencontre accidentelle, si jamais » il pouvait en avoir connaissance. »

— « Ah, m'écriai-je avec impatience, » ne m'opposez pas les conséquences » qui peuvent en résulter. J'ai droit » à vos bontés. J'ai droit à vos secours. »

— « Je ne vous les refuse pas. Je ne

» puis vous les refuser jusques à un
» certain point, et il n'est pas à croire
» qu'un examen, quel qu'il soit, me
» mette dans le cas de vous en accorder
» davantage. Vous connaissez ma façon
» de penser. Je vous regarde comme
» un homme vicieux, mais je ne pense
» pas que l'on doive nourrir contre un
» homme vicieux de l'indignation et
» du mépris. Je vous considère comme
» une machine; je crains que vous ne
» soyez fabriqué de manière à n'être
» pas grandement utile à vos semblables;
» mais vous ne vous êtes pas fait vous-
» même; vous n'êtes que ce que des
» circonstances irrésistibles vous ont
» forcé d'être. Je suis fâché de vous
» savoir des qualités nuisibles; mais je
» ne garde pour cela aucune haine
» contre vous, au contraire je vous dois
» de la bienveillance. En vous consi-
» dérant sous ce point de vue, je suis
» et serai toujours prêt à faire tout ce
» qui sera en mon pouvoir pour votre

» bien réel, et si j'en savais les moyens,
» je vous aiderais du meilleur de mon
» cœur à reconnaître les erreurs qui
» vous ont égaré, et à les guérir radi-
» calement. Vous avez trompé mes es-
» pérances; mais je n'ai pas envie de
» vous faire des reproches. Je sens que
» j'ai plus besoin de me livrer à ma
» compassion pour vous, que d'aggra-
» ver encore vos malheurs par mes ré-
» primandes. »

Que pouvais-je répondre? Aimable, excellent homme! Jamais mon ame n'a été plus douloureusement déchirée que dans ce moment. Plus il excitait mon admiration, plus mon cœur me commandait impérieusement de lui arracher son amitié, quelque prix qu'il pût m'en coûter. J'étais persuadé que l'équité rigoureuse exigeait de lui qu'il mît de côté toutes considérations personnelles, qu'il se livrât courageusement à la recherche de la vérité, et que si sa conscience éclairée décidait en ma faveur, il abandonnât tout pour faire cause commune avec moi, dans l'état d'abandon et de misère où j'étais, et fît tous ses efforts pour balancer à lui seul l'injustice du reste des hommes. Mais si un dévouement aussi absolu faisait hésiter son courage affaibli maintenant par les années, était-ce à moi à l'y entraîner malgré lui ? Hélas ! ni lui ni moi, nous ne prévoyions la terrible catastrophe qui allait suivre de si près. Sans cela, je suis bien convaincu qu'aucun égard pour sa tranquillité ne l'aurait empêché de se rendre à mes désirs. D'un autre côté, pouvais-je me flatter de prédire à quels maux il demeurerait exposé en embrassant ma cause ? Son intégrité ne pouvait-elle pas succomber et être opprimée comme l'avait été la mienne ? La faiblesse de ses cheveux blancs ne donnait-elle pas un avantage de plus à mon fatal adversaire ? M. Falkland ne pouvait-il pas le rendre aussi misérable, le mettre aussi bas qu'il m'avait mis moi-même ? Après tout, n'était-ce pas de ma part un désir coupable de vouloir envelopper un autre dans ma malheureuse cause ? Et s'il y avait des moyens de me défendre, n'avais-je donc pas assez de mon énergie, de ma prudence et de la force d'une conscience pure pour me défendre moi-même ?

Ces considérations me déterminèrent à céder à ses vues. Je me soumis à endurer la mauvaise opinion de l'homme du monde dont je désirais le plus ardemment l'estime, plutôt que de courir le risque de l'entraîner dans ma misère ; je me soumis à abandonner ce qui était pour moi dans ce moment la dernière consolation possible de ma malheureuse vie, une consolation dont je ne pouvais détacher mes pensées à l'instant même où je consentais à la perdre. La candeur et l'ingénuité avec lesquelles mes sentimens sortaient de mon ame, affectèrent profondément M. Collins. Une voix secrète lui disait intérieurement : « Est-ce ainsi que parle l'hypocrisie ? Si cet homme est vertueux, c'est un des hommes du monde dont la vertu est le plus désintéressée. » Nous nous arrachâmes l'un à l'autre. M. Collins me promit d'avoir toujours, autant qu'il serait en lui, l'œil sur moi dans la suite de mes malheurs, et de me donner tous les secours qui seraient compatibles avec ce que la prudence lui prescrirait. Ce fut ainsi que je me séparai de ce que je pourrais nommer la seconde moitié de moi-même, et que je me résignai volontairement à attendre, dans cet état de mutilation et de délaissement, tous les maux que le sort pouvait me réserver.

C'est là le dernier fait qui me semble, pour le moment, mériter d'être rapporté. Je ne doute pas que dans peu je n'aie encore occasion de reprendre la plume. Mes souffrances jusqu'ici ont été sans exemple, et pourtant je sens au-dedans de moi la conviction intime que le sort m'en réserve encore de plus grands. Quelle cause mystérieuse peut donc m'empêcher de succomber à la terreur dont je suis frappé, et me donner la force d'écrire ces mémoires?

CHAPITRE XV.

Mes sinistres présages se sont vérifiés. Il y avait quelque chose de prophétique dans les pressentimens qui m'agitaient. Il s'est opéré dans mon ame et dans mon sort une révolution terrible que je vais rapporter.

Après avoir essayé tant de situations différentes qui toutes m'amenaient à des résultats uniformes, je me déterminai enfin à me mettre, s'il était possible, hors de la portée de mon persécuteur, en me bannissant volontairement moi-même de ma patrie. Mais cette triste ressource m'était encore fermée par l'inexorable Falkland. Au moment où je formai ce projet, je n'étais pas éloigné des côtes de l'Est, et je résolus de m'embarquer à Harwick, pour passer immédiatement en Hollande. Je me transportai donc aussitôt dans cette ville, et presque à mon arrivée je me rendis au port. Il n'y avait pas pour l'instant de vaisseau prêt à faire voiles. Je sortis du port, et me retirai dans une auberge, où au bout de quelque temps je demandai une chambre. A peine y étais-je, que la porte s'ouvrit et que je vis entrer l'homme dont la présence était la plus odieuse pour moi, le détestable Gines. Il referma soigneusement la porte dès qu'il fut entré.

« Mon jeune cadet, dit-il, j'ai un petit avertissement à vous signifier en particulier. C'est un conseil d'ami que je viens vous donner, pour vous épargner bien de la peine inutile. Ce que vous avez de mieux à faire, c'est de prendre la chose comme je vous la dis. Ma fonction actuelle, faute de mieux, c'est, voyez-vous, de veiller à ce que vous ne passiez pas les bornes. Non pas que je me soucie beaucoup d'être aux ordres de personne ni de rester toujours collé aux talons d'un autre, mais je me sens pour vous une tendresse toute particulière, à cause de quelques bons tours que je n'oublie pas, et c'est ce qui fait qu'avec vous je n'y regarde pas de si près. Vous m'avez déjà fait faire une assez jolie tournée, et au moyen de l'amitié que je vous porte, il ne tient qu'à vous de m'en faire faire encore autant, si cela vous amuse. Mais ne songez pas à arpenter la grande plaine. Mes ordres ne s'étendent pas jusques-là. Vous êtes prisonnier, voyez-vous, et je crois bien que vous le serez toute votre vie. Rendez-en grâces à la douceur angélique de votre ancien maître. Si la chose dépendait de moi tout-à-fait je vous ferais peut-être chanter une autre gamme. Tant que vous le jugerez à propos vous pouvez vous promener dans les lignes de votre prison; et les lignes que veut bien vous accorder le très-gracieux écuyer, c'est toute l'Angleterre, l'Ecosse et le pays de Galles. Mais ne vous avisez pas de vouloir sortir de ces limites. L'écuyer est bien décidé à ne vous avoir jamais hors de sa portée. En conséquence, il a donné ses ordres, toutes les fois que vous voudrez tenter de vous échapper, de faire de vous, au lieu d'un prisonnier au large comme vous êtes, un prisonnier dans la vraie signification du mot. J'ai avec moi un ami qui vous a suivi tout à l'heure au port, et moi, je n'étais pas loin; au moindre signe que vous auriez fait pour quitter terre, en un tour de main nous étions sur votre fripperie, et nous vous retenions par les talons. Je vous donne avis pourtant de vous tenir dorénavant à une distance respectueuse de la mer, crainte qu'il ne vous arrive pis. Vous voyez que tout ce que j'en dis, c'est uniquement pour votre bien. Quant à moi, si je suivais mon goût, je vous aimerais mieux entre quatre murs, avec une bonne corde au col et une espérance raisonnable de faire bientôt le saut périlleux; mais je fais ce qu'on m'ordonne ; et sur ce, mon camarade, je vous souhaite une bonne nuit. »

Cet étrange message me causa une révolution subite et générale. Je dédaignai de répondre et même de m'occuper le moins du monde de l'infernal démon qui en était porteur.

Il y a aujourd'hui trois jours que cette scène s'est passée, et depuis ce moment tout mon sang est dans une fermentation continuelle. Mes pensées divaguent avec une rapidité incroyable sur un océan d'horreur et d'épouvante. Je n'ai plus de sommeil. A peine puis-je pendant deux minutes conserver la même posture. C'est avec une extrême difficulté que j'ai pu me contenir assez pour ajouter encore quelques pages à mon histoire. Mais dans l'affreuse incertitude où je suis des événemens qui peuvent se succéder d'un instant à l'autre, j'ai cru devoir me forcer moi-même à achever cette pénible tâche. Je ne me sens pas dans un état ordinaire. Comment ceci finira-t-il! Dieu le sait. En vérité il y a des momens où je tremble que ma raison ne m'abandonne tout-à-fait.

Quel sombre et mystérieux tyran! quel barbare et implacable ennemi!... D'où lui vient tant de pouvoir!... Quand Néron et Caligula tenaient le sceptre de Rome, il était terrible d'offenser ces maîtres sanguinaires. L'empire s'étendait déjà aux bouts du monde et embrassait les deux mers. Si leur malheureuse victime fuyait aux climats où l'astre du jour paraît sortir des ondes de l'océan, le bras du tyran pouvait encore la saisir. Si elle volait à l'occident, si elle courait s'ensevelir dans les ténèbres de l'Hespérie ou dans les déserts glacés de Thulé, elle n'était pas encore à l'abri du pouvoir de son féroce ennemi... Falkland! es-tu descendu de ces tyrans, pour nous en conserver la vivante image? Pour ta malheureuse et innocente victime, l'univers et tous ses climats ont-ils donc été créés en vain?

Tremble!

Ils ont tremblé, ces tyrans qu'environnaient des armées nombreuses de janissaires! Qui pourrait te rendre inaccessible à ma rage?... Je ne me servirai pas de poignards! Non..... Je raconterai mon histoire..... Je te montrerai au monde, tel que tu es, et il n'y aura pas un homme vivant qui ne sente que la vérité m'inspire.... T'es-tu figuré que je n'étais qu'un être passif, un ver de terre, organisé seulement pour souffrir, et incapable des émotions du ressentiment? T'es-tu figuré que tu ne courais aucun risque à m'infliger des supplices, quelque douloureux qu'ils fussent, à m'accabler de misères, quelque intolérables qu'elles pussent être? M'as-tu supposé totalement nul, impuissant et stupide, sans intelligence pour combiner ta perte, et sans énergie pour la consommer ?

Je dirai ton histoire..... la justice nationale m'entendra..... tous les élémens de la nature se bouleverseraient vainement pour m'interrompre.... Je parlerai avec une voix plus redoutable que la foudre! Pourquoi supposerait-on qu'un motif honteux m'ouvre la bouche? Je ne suis pas maintenant sous le fer de la persécution! Je n'aurai pas l'air de charger ta tête d'une accusation criminelle pour la repousser de dessus la mienne..... Verrai-je d'un œil affligé l'abîme que je vais creuser sous toi ?.... Trop long-temps tu m'as trouvé compâtissant et sensible! Quel avantage ai-je recueilli de ma stupide indulgence? Y a-t-il un mal que tu aies balancé à ajouter à tous ceux que tu as accumulés sur moi? Je ne balancerai pas non plus. Tu n'a pas montré la moindre pitié; n'en attends aucune de moi.....

Soyons calme..... Ayons un courage inébranlable, mais mesuré et recueilli.

Un moment terrible s'approche..... je sens.... oui, je crois sentir que je sortirai triomphant, et que j'écraserai sous moi mon redoutable ennemi..... Mais quand il en serait autrement, il n'aura pas du moins le succès qu'il se propose. Sa renommée ne sera pas immortelle, comme il s'en flatte. Ce papier sera le dépositaire de la vérité ; un instant viendra où il sera mis au jour et où le monde nous rendra justice à tous deux. Avec cette idée, je ne mourrai pas sans quelque consolation. Ne souffrons pas que le règne de la tyrannie et de l'imposture soit éternel.

Que les précautions de l'homme sont faibles et impuissantes contre ces immuables lois qui gouvernent le monde intellectuel! Ce Falkland a inventé contre moi mille noires accusations ; il m'a poursuivi, comme une proie, de ville en ville. Il a tracé un cercle autour de moi pour que je ne pusse jamais échapper à sa puissance. Il a tenu sa meute infernale sur mes traces, et l'a sans relâche animée à ma poursuite. Il peut me relancer jusques aux extrémités du monde..... Vains efforts ! avec cette seule arme, avec cette faible plume, je brave toutes ses machinations, je renverse toutes ses batteries, je lui enfonce le poignard à l'endroit même qu'il che che le plus à défendre.

Collins, c'est maintenant à vous que je m'adresse. J'ai consenti à me priver de votre assistance dans la situation épouvantable où je me trouve. Je mourrais plutôt mille fois que de rien faire qui puisse troubler votre bonheur..... Mais souvenez-vous-en..... Vous n'en êtes pas moins mon père..... Je vous en conjure, par tout l'amour que vous m'avez porté, par tant de bienfaits que j'ai reçus de vous, par cette tendresse si vive et si touchante que vous m'inspirez, et qui pénètre au plus profond de mon cœur, par mon innocence.... Car, si ces mots sont les derniers que je puis écrire, je veux mourir en protestant de mon innocence..... par tous ces nœuds sacrés, par d'autres encore, s'il en est d'autres qui puissent vous toucher; je vous en conjure, écoutez ma dernière prière..... conservez ce papier, gardez-le de la destruction, gardez-le de Falkland. C'est-là tout ce que je vous demande. J'ai pourvu à un moyen sûr de faire passer cet écrit dans vos mains, et j'ai une ferme confiance, (confiance que je ne veux jamais perdre) qu'un jour, de manière ou d'autre, il verra la lumière.

Ma plume s'arrête, sous mes doigts tremblans.... Me reste-t-il encore quelque chose à dire?... Jamais je n'ai encore pu parvenir à m'assurer de ce que contenait ce coffre funeste d'où sont sorties toutes mes infortunes. J'ai pensé autrefois qu'il renfermait ou un instrument de meurtre ou un monument quelconque de la catastrophe du malheureux Tyrrel. A présent je suis persuadé que le secret qui y est renfermé est un récit fidèle de cet événement avec toutes ses circonstances, déposé comme une arme de réserve et une extrême ressource pour arracher au naufrage la gloire de M. Falkland, dans le cas où, par quelqu'accident imprévu, son crime viendrait à être pleinement divulgué. Mais, que cette conjecture soit bien ou mal fondée, c'est ce qui n'importe guères. Si Falkland n'est jamais dévoilé aux yeux de l'univers, il est vraisemblable que, dans ce cas, son écrit ne verra jamais le jour. Alors les mémoires que je trace y suppléeront d'une manière étendue et peut-être rigoureuse.

Je ne sais ce qui me cause l'inspiration que je ressens. J'ai un secret pressentiment que je ne serai plus maître de moi. Si je réussis dans l'entreprise que je médite à l'égard de Falkland, alors toutes mes mesures pour conserver cet écrit auront été surperflues, je ne serai plus réduit à recourir au secret et à l'artifice. Si je succombe, cette précaution paraîtra sagement prise.

POST-SCRIPTUM.

C'EN est fait, j'ai exécuté la tentative que je méditais. Ma situation est entièrement changée. Je reprends la plume, pour rendre compte de ce qui s'est passé. Pendant plusieurs semaines après le dénouement de cette grande catastrophe, l'agitation et le tumulte de mes pensées ne m'ont pas permis d'écrire. Je crois pouvoir actuellement mettre assez d'ordre dans mes idées pour continuer. Grand dieu! qu'ils sont surprenans et terribles les événemens qui sont survenus depuis la dernière fois où j'ai quitté ces mémoires! Est-il étonnant qu'alors une sorte d'inspiration ait exalté mes idées, et que mon esprit fût rempli d'affreux présages!

Ma résolution prise, je partis de Harwick pour me rendre à la ville principale du comté dans lequel réside M. Falkland. Je savais que Gines était à ma suite. Je ne m'en inquiétais pas. Il avait lieu de s'étonner de la route qu'il me voyait prendre, mais il lui était impossible de dire quel dessein m'y conduisait. Mon projet était un secret soigneusement renfermé dans mon sein. Ce ne fut pas sans un sentiment de terreur que j'entrai dans une ville qui avait été si long-temps le théâtre de mon affreuse détention. Au moment de mon arrivée, pour ne pas donner à mon adversaire le temps de contreminer mes opérations, je me rendis sur-le-champ à la demeure du premier magistrat.

Je lui déclarai qui j'étais, et lui dis que je venais d'une des extrémités du royaume, exprès pour le rendre dépositaire d'une dénonciation de meurtre contre mon ancien maître. Mon nom lui était déjà familier. Il me répondit qu'il ne pouvait pas prendre connaissance de ma déposition, que j'étais l'objet de l'exécration universelle dans ce lieu, et qu'il était très-résolu à ne servir pour rien au monde d'instrument à ma perversité.

Je l'avertis de bien prendre garde à ce qu'il allait faire ; je lui observai que je ne demandais de lui aucune grace, que je m'adressais seulement à lui pour réclamer l'exercice légal de ses fonctions. Prétendrait-il me dire qu'il avait le droit de supprimer à sa volonté, une dénonciation d'une nature aussi compliquée? J'avais à accuser M. Falkland d'une suite de meurtres multipliés. Le malfaiteur savait que cette fatale vérité était entre mes mains, et pour cette raison, j'étais dans un danger continuel de perdre la vie par suite de sa méchanceté et de sa vengeance. J'étais résolu de pousser l'affaire jusques au bout, et de réclamer justice de tous les tribunaux d'Angleterre. Sous quel prétexte refusait-il ma déposition? sous tous les rapports j'étais un témoin compétent. J'étais en âge de connaître la nature d'un serment ; j'étais en jouissance de ma raison et de mes sens ; je n'étais flétri par aucun jugement de jury, ni par aucune sentence légale. Son opinion particulière sur mon compte ne pouvait rien changer à la loi. Je demandais à être confronté à M. Falkland ; et j'étais bien assuré de faire valoir ma dénonciation de manière à le convaincre devant toute la terre. Que s'il ne jugeait pas à propos de le faire arrêter sur ma seule déposition, je ne demandais pas autre chose, sinon qu'il lui fît signifier l'accusation intentée contre lui, et le fît sommer de paraître pour y répondre.

Quand le magistrat vit que je lui parlais d'un air aussi décidé, il crut devoir baisser un peu de ton. Il ne me parla plus d'un refus absolu d'acquiescer à ma réquisition ; mais il daigna entrer en explication avec moi. Il me représenta l'état déplorable où était la santé de M. Falkland depuis plusieurs années, que déjà il avait eu à subir, sur la même imputation, un examen fait avec toute la publicité et la solennité possibles; qu'il n'y avait qu'une méchanceté infernale qui eût pu m'inspirer une semblable démarche, et que si je persistais j'attirerais le plus rigoureux châtiment sur ma tête. Ma réponse à toutes ces représentations fut courte, c'est que j'étais déterminé à poursuivre, et que je bravais les conséquences. A la fin, l'ordonnance fut accordée, et on fit signifier à M. Falkland la dénonciation qui venait d'être faite contre lui.

Il s'écoula trois jours de délai avant qu'il pût être fait aucun nouvel acte de procédure. Cet intervalle ne contribua guères à me tranquilliser. L'idée de soutenir une accusation capitale contre un homme tel que Falkland, et de solliciter sa mort, n'était pas de nature à me laisser dans un état de calme.

Tantôt j'argumentais en faveur de mon entreprise; c'était la plus juste des vengeances, (car la douceur naturelle de mon caractère était totalement changée) ou bien c'était un acte commandé par la nécessité de pourvoir à ma propre défense, ou enfin, entre deux maux, c'était choisir celui qui, aux yeux de tout juge impartial et ami de l'humanité, était sans contredit le moindre. Une autre fois j'étais tourmenté par des doutes. Mais, malgré toutes ces fluctuations d'opinion, je n'en persévérais pas moins constamment dans ma résolution; je me sentais comme entraîné par une nécessité irrésistible. Les conséquences de ce que j'avais entrepris étaient de nature à épouvanter le plus intrépide.

D'une part, le supplice ignominieux d'un homme pour lequel j'avais senti autrefois une profonde vénération, et que même encore quelquefois je ne croyais pas tout à-fait sans une sorte de droit à ce sentiment; d'une autre part, le renouvellement, sans aucun terme, peut-être même l'accroissement des maux que j'avais endurés. Mais, cette affreuse perspective, je la préférais encore à un état d'incertitude. Je voulais mettre au pis le sort qui me poursuivait. Je voulais anéantir ce rayon d'espoir, qui, tout faible qu'il était, avait si long-temps fait mon supplice; et, par-dessus tout, je voulais enfin épuiser toutes les ressources qui étaient à ma disposition. J'étais dans un état qui tenait de la frénésie. L'agitation de mes pensées avait allumé dans mon corps une fièvre dévorante. Si je portais ma main sur ma tête ou sur ma poitrine, c'était un fer ardent que j'en approchais. Je ne pouvais rester un moment dans la même place. J'étais tourmenté sans relâche par le désir de voir arriver l'instant où cette terrible crise, que j'avais tant pressée, serait décidée.

Après le délai de trois jours, il fallut paraître avec M. Falkland, en présence du magistrat auquel je m'étais adressé pour ma déposition. On ne me laissa que deux heures pour me préparer, M. Falkland paraissant aussi impatient que moi-même de voir la cause portée à sa décision, et ensuite oubliée pour jamais. Avant le moment de l'information, j'eus occasion d'apprendre que M. Forester avait été appelé par quelques affaires à un voyage dans le continent, et que Collins, dont la santé était déjà fort dérangée lorsque je l'avais rencontré, était en ce moment retenu par une maladie dangereuse. Son voyage aux Indes avait totalement ruiné sa constitution. L'auditoire que je trouvai dans la maison du magistrat était composé de quelques gentilshommes et autres personnes qu'on avait choisies, le plan étant à-peu-près, comme lors du premier examen de l'affaire, de trouver une sorte de terme moyen entre l'air suspect qu'aurait eu une procédure tout-à-fait secrette, et le scandale, comme on le disait, d'une information de ce genre, exposée aux regards du premier venu.

L'émotion que me causa la vue de M. Falkland fut telle qu'il me serait impossible d'en imaginer une plus forte. La dernière fois que je l'avais vu, il avait l'air égaré et farouche, l'abord d'un spectre, le geste furieux et l'œil plein de rage. A présent, ce n'était plus qu'un cadavre. Fatigué et presqu'anéanti par le voyage qu'il venait de faire, il ne pouvait se soutenir debout, et on l'avait apporté sur un fauteuil. Son visage était sans couleur, ses membres sans mouvement et comme sans vie. Sa tête était penchée sur sa poitrine, excepté qu'il la soulevait de temps en temps pour ouvrir un œil morne et languissant, après quoi il retombait aussitôt dans son premier état, où il semblait dans une insensibilité complète. Il ne paraissait pas avoir trois heures à vivre. Il avait gardé la chambre pendant plusieurs semaines; mais l'ordonnance du magistrat lui avait été signifiée dans son lit, car les ordres qu'il avait donnés relativement aux lettres et autres papiers qui lui arrivaient, étaient trop positifs pour que personne se hasardât à désobéir. La lecture du papier lui avait causé un accès fort dangereux; mais à peine était-il revenu à lui, qu'il avait insisté pour être transporté au lieu de l'assignation, avec toute la diligence possible. Dans l'état le plus désespéré, Falkland était encore lui-même, absolu dans ses volontés, et sachant se faire obéir de tout ce qui l'approchait.

Quel spectacle pour moi! Jusqu'au moment où Falkland s'offrit à ma vue, mon cœur avait été armé contre tout sentiment de pitié. Je me figurais que j'avais pesé froidement les motifs qui me faisaient agir; car la passion qui nous domine, nous semble encore du calme et du sang-froid, quand elle est dans son état de véhémence et d'exaltation. Je me figurais avoir pris ma détermination avec justice et impartialité. Je pensais que si M. Falkland avait la liberté de persister dans ses projets, alors nous nous trouvions l'un et l'autre dévoués pour jamais aux derniers des maux. Je trouvais qu'il était en mon pouvoir, au moyen du parti que j'avais adopté, de repousser de dessus moi ma portion d'infortunes, sans que la sienne en fût à peine augmentée. Ainsi c'était à mes yeux un acte de justice et d'équité, qui devait paraître tel à ceux de tout juge impartial, qu'il n'y eût qu'un malheureux au lieu de deux, qu'il ne se trouvât qu'une seule personne au lieu de deux hors d'état de remplir son rôle dans la société, et de contribuer pour sa part au bien général. Il me semblait que, dans cette détermination, je m'étais élevé au-dessus de toutes considérations personnelles, et que les misérables suggestions de l'égoïsme n'avaient eu aucune influence sur mon jugement. M. Falkland, il est vrai, était mortel; mais, malgré le dépérissement de sa santé, il pouvait encore vivre long-temps. Devais-je me soumettre à voir les plus belles années de ma vie se consumer dans une situation aussi déplorable que la mienne ! Il m'avait déclaré que sa réputation serait pour toujours hors de toute atteinte ; c'était-là sa passion, sa démence. Vraisemblablement donc il se proposait de me faire un legs de haine et de persécution, dont il chargerait Gines, ou quelqu'autre scélérat aussi atroce, d'être l'exécuteur, quand il ne pourrait plus me persécuter lui-même. C'était donc à présent, ou jamais, le moment de racheter mes jours de l'éternelle misère à laquelle il les avait dévoués.

Mais tout cet échafaudage de raisonnemens s'évanouit devant l'objet qui s'offrait à mes regards. « Pouvais-je me résoudre à écraser un homme réduit à un état aussi misérable ! Irais-je diriger tous les traits de mon animosité sur un être déjà presque anéanti par l'inévitable loi de la nature ? Irais-je empoisonner les derniers momens d'un homme tel que Falkland, par des sons aussi insupportables à son oreille ? Non ; cet effort m'est impossible. Il faut que je me sois laissé égarer par la plus funeste des erreurs, pour me persuader de me rendre l'auteur de cette catastrophe abominable. Certainement il y avait un remède plus efficace et plus magnanime aux maux sous lesquels je gémissais. »

Il n'était plus temps. Il n'était plus en mon pouvoir de revenir sur la fatale erreur qui m'avait abusé. Falkland est là, devant mes yeux, amené devant le magistrat, avec toute la solennité de la loi, pour répondre à une accusation de meurtre. Me voici en sa présence, engagé par ma déclaration comme auteur de l'accusation portée contre lui, lié par tout ce qu'il y a de plus imposant et de plus sacré, à la soutenir. Telle était ma situation ; et dans cet état, il fallait agir sans retard, sans réflexion. Tout mon corps frémit. Qu'avec plaisir j'aurais consenti que cet instant fût le dernier de mon existence. Toutefois je jugeai que la conduite qui m'était le plus impérieusement commandée par les circonstances, c'était d'exposer aux auditeurs mon ame toute nue et les émotions dont elle était remplie. Mes yeux se portèrent d'abord sur M. Falkland, ensuite sur le magistrat et sur les assistans, puis ils revinrent encore sur M. Falkland. L'excès de la douleur me suffoquait la voix. Je commençai :

« Que ne puis-je effacer de ma vie » ces quatre derniers jours ! Comment » se fait-il que j'aie mis tant d'ardeur » et tant d'obstination à suivre le plus » infernal de tous les projets ? Oh ! que » n'ai-je cédé aux remontrances du » magistrat qui m'écoute, ou que n'ai-je » plié sous le despotisme salutaire de » son autorité ! Jusqu'à ce moment je » n'avais été que malheureux ; dorénavant il faut que je me regarde » comme vil. Jusqu'à ce moment,

» quelques injustices que les hommes » m'aient fait éprouver, je pouvais me » retirer en paix devant le tribunal de » ma conscience. Ah! je n'avais pas » encore comblé la mesure de mes in- » fortunes.

» Plût au ciel qu'il me fût permis de » quitter ce lieu, sans proférer un seul » mot de plus! J'en braverais les con- » séquences.... Je me soumettrais de » bon cœur à m'entendre nommer lâche, » imposteur, le plus pervers des scé- » lérats, plutôt que d'ajouter encore au » poids des malheurs qui accablent » M. Falkland. Mais la situation même » de M. Falkland, sa propre volonté » me défendent de me taire. Tandis que » je sacrifierais de tout mon cœur mes » intérêts les plus chers à la sensibilité » que m'inspire l'état où je le vois, » lui-même, il me presserait de l'ac- » cuser, pour pouvoir entreprendre sa » justification.... Je vais ouvrir mon » cœur tout entier.

» Il n'est pas de remords, pas de » tourmens qui puissent expier la dé- » mence et la barbarie de l'action que » je viens de commettre. Mais M. Fal- » kland sait bien... Je l'affirme en sa » présence... Il sait avec quelle répu- » gnance je me suis laissé entraîner à » cette extrémité. J'ai eu pour lui de » la vénération; il était fait pour l'ins- » pirer; je l'ai tendrement chéri; il » était doué de qualités vraiment cé- » lestes.

» Du premier moment où je l'ai vu, » j'ai conçu pour lui la plus vive ad- » miration. Il a daigné encourager ma » jeunesse; je me suis attaché à lui avec » une affection et un dévouement sans » réserve. Il était malheureux; une in- » discrète curiosité, si naturelle à mon » âge, me donna le désir de pénétrer » le secret de ses malheurs. Telle fut » l'origine de toutes mes infortunes.

» Que dirai-je?... Il est vrai qu'il a

» été le meurtrier de Tyrrel ; qu'il a
» laissé aller les deux Hawkins au sup-
» plice, quoiqu'il sût qu'ils étaient in-
» nocens, et que lui seul était le cou-
» pable. Après une foule de tentatives
» et de défaites, après mille indiscré-
» tions hasardées de ma part, mille in-
» dications échappées de la sienne, il
» se décida enfin à me confier sa fatale
» histoire.

» M. Falkland ! je vous en conjure
» par ce qu'il y a de plus saint, rap-
» pelez-vous ici tout ce qui s'est passé ;
» me suis-je jamais montré indigne de
» la confidence que vous m'aviez faite ?
» C'était un pénible fardeau pour moi,
» que votre funeste secret ; il n'y avait
» que le comble de la démence qui eût
» pu m'amener à m'en rendre maître ;
» mais plutôt que de le trahir, j'aurais
» enduré mille morts. Ce fut votre ja-
» louse inquiétude et le tourment con-
» tinuel de votre esprit qui vous por-

» tèrent à épier tous mes mouvemens,
» et à prendre l'alarme à la moindre de
» mes démarches.

» Vous avez commencé avec moi par
» la confiance : pourquoi n'avez-vous
» pas continué de même ? Le mal qui
» résultait de ma première imprudence
» eût été bien léger en comparaison de
» ceux qui ont suivi. Vous m'avez me-
» nacé : vous ai-je trahi pour cela ? A
» cette époque, un seul mot de ma bou-
» che aurait pu me délivrer pour jamais
» de vos menaces. Je les ai supportées
» long-temps ; à la fin j'ai quitté votre
» service sans rien dire, et j'ai voulu
» reprendre ma liberté, comme un fu-
» gitif qui se délivre de ses fers. Pour-
» quoi ne m'avez-vous pas laissé aller ?
» Vous m'avez ramené chez vous à
» force de stratagêmes et de violences,
» et vous n'avez pas craint de m'impu-
» ter un crime honteux et capital. M'est-
» il échappé alors un seul mot de ce

» meurtre, dont le secret était dans mes
» mains ?

» Est-il un homme qui ait souffert
» plus que moi des injustices des hom-
» mes ? J'étais accusé d'une basse scé-
» lératesse, dont l'idée seule me révol-
» tait. Je fus mis en prison. Je ne ferai
» pas ici la longue énumération des hor-
» reurs de ma captivité, dont la moindre
» ferait frémir quiconque a conservé un
» sentiment d'humanité. Je n'avais d'au-
» tre perspective que le gibet ! Jeune,
» plein d'ardeur et de vie, innocent
» comme l'enfant qui naît au monde,
» un honteux gibet était le terme de
» ma destinée ! J'étais dans la persua-
» sion qu'un mot d'accusation contre
» mon maître me délivrerait de tous
» ces maux ; cependant je gardai le si-
» lence, je m'armai de patience et de
» courage, ne sachant si je devais l'ac-
» cuser ou mourir. Est-ce là la conduite
» d'un homme indigne de confiance ?

» Je

» Je me déterminai à forcer ma pri-
» son. Après plusieurs tentatives infruc-
» tueuses et mille difficultés, je vins à
» bout d'exécuter ce dessein. Aussitôt
» paraît une proclamation contre moi
» avec une récompense de cent guinées
» pour m'arrêter. Je me vis obligé de
» prendre refuge au milieu de la fange
» et du rebut de l'espèce humaine, dans
» le sein d'une bande de voleurs. Je
» faillis à perdre la vie au moment où
» j'entrai dans cette retraite, et à celui
» où j'en sortis. Immédiatement après,
» je parcourus presque toute l'étendue
» du royaume sous les haillons de la mi-
» sère et dans la plus affreuse détresse,
» en danger d'être à toute heure saisi
» et garotté comme un criminel. J'ai
» voulu abandonner ma patrie; on m'en
» a empêché. J'ai été forcé de recourir
» à mille déguisemens. J'étais innocent,
» et pourtant il m'a fallu employer plus
» de ruses et d'artifices que le plus vil
» des scélérats. A Londres, je me suis

» vu harcelé avec autant d'acharnement,
» et j'y ai été tourmenté d'alarmes con-
» tinuelles, comme dans ma fuite à tra-
» vers la province. Tant de persécu-
» tions m'ont-elles engagé à rompre en-
» fin le silence ? Non ; je les ai endurées
» avec patience et soumission ; je n'ai
» pas fait une seule tentative pour les
» faire retomber sur leur auteur.

» Enfin je tombai entre les mains de
» ces infâmes, qui se nourrissent du
» sang des hommes. Dans cette affreuse
» situation, je tentai pour la première
» fois de repousser de dessus moi le far-
» deau dont on m'accablait, en me por-
» tant dénonciateur. Heureusement pour
» moi, le magistrat de Londres rejeta
» avec hauteur et mépris toutes mes dé-
» clarations.

» Je ne fus pas long-temps à me re-
» pentir de mon imprudente démarche,
» et à me féliciter du peu de succès
» qu'elle avait eue. Je confesse que,
» pendant ce temps, M. Falkland m'a

» donné divers témoignages d'huma-
» nité. Il avait tâché d'abord de s'op-
» poser à ce que je fusse conduit en
» prison ; il avait contribué à adoucir
» les rigueurs de ma captivité ; il n'a-
» vait eu aucune part aux poursuites
» exercées avec tant d'acharnement con-
» tre moi ; enfin, quand je fus mis en
» jugement, il fit en sorte que je fusse
» renvoyé en liberté. Mais une grande
» partie de ces actes de bienveillance
» m'étaient inconnus ; je ne le voyais
» que comme un persécuteur toujours
» impitoyable. Quelle que fût la main
» qui vînt ensuite à entasser sur ma tête
» calamités sur calamités, je ne pouvais
» jamais oublier que toutes avaient pour
» origine la fausse accusation qu'il m'a-
» vait suscitée.

» La persécution que j'avais essuyée
» pour ce prétendu vol, était enfin ter-
» minée. Pourquoi donc ne pas per-
» mettre que ce fût aussi là le terme de

» mes souffrances, et ne pas me laisser
» aller dans quelque retraite obscure
» mais tranquille, cacher ma tête pros-
» crite? Ma constance et ma fidélité
» n'avaient-elles pas été suffisamment
» à l'épreuve? Dans cet état de cho-
» ses, un traité de paix entre nous,
» n'était-il pas le parti le plus sage et
» le plus sûr? Mais l'inquiète et inexo-
» rable jalousie de M. Falkland, ne lui
» permit pas de rien donner à la con-
» fiance. Le seul traité qu'il me propo-
» sa, ce fut de signer de ma propre
» main ma honte et mon infamie. Je
» rejetai cette proposition, et depuis ce
» moment, j'ai toujours été relancé de
» ville en ville; partout je me suis vu ar-
» racher le repos, l'honneur et la subsis-
» tance. Long-temps j'ai persisté dans la
» résolution que j'avais prise, qu'aucun
» genre de persécution ne me porterait
» à me rendre l'aggresseur. Enfin, dans
» un moment malheureux, j'ai trop

» écouté mon ressentiment et mon impatience, et l'erreur d'un seul instant a amené cette fatale journée.

» Je vois maintenant toute l'énormité de la faute que j'ai commise. Je suis sûr que si j'eusse ouvert mon cœur à M. Falkland, si je lui eusse dit en particulier tout ce que je viens de dire ici, il n'aurait pu résister à la justice de mes demandes. Après tant de précautions, tant de mesures, c'était toujours, en dernière analyse, sur mon indulgence qu'il était forcé de compter pour son repos. Pouvait-il être bien sûr que si je me voyais réduit, à la fin, à dévoiler ce que je savais, et à le soutenir avec toute l'énergie dont j'étais capable, je ne parviendrais pas à me faire croire? Si, dans tous les cas, il était à ma merci, à quelle voie lui convenait-il donc mieux de recourir pour sa sécurité, à la conciliation ou à la persécution la plus implacable?

» M. Falkland est doué du plus beau » caractère. Oui, malgré la catastrophe » de Tyrrel, le sort déplorable des » Hawkins, et tout ce que j'ai eu moi- » même à souffrir, j'affirme qu'il pos- » sède les plus grandes et les plus su- » blimes qualités. Il était donc impos- » sible qu'il eût résisté à la franchise » et à la chaleur d'une explication dans » laquelle mon ame toute entière se » serait versée dans la sienne? Tandis » qu'il était encore temps de tenter cette » épreuve salutaire, je me suis laissé » aller au désespoir. Il était criminel ce » désespoir, il faisait injure à la toute » puissance de la vérité.

» J'ai exposé les faits dans toute leur » simplicité. Je suis venu ici pour verser » des malédictions et des vengeances. » J'y reste pour rendre des témoignages » d'amour et de sensibilité. J'étais venu » pour accuser, et je suis forcé de don- » ner des éloges. Je proclame au monde » entier que M. Falkland ne mérite

» qu'intérêt et qu'affection, et que moi, » je suis le plus méprisable, le plus » haïssable des hommes. Jamais je ne » me pardonnerai les crimes de cette » journée. Le souvenir m'en poursui- » vra partout, et trempera d'amertume » chacune des heures de mon exis- » tence. En agissant comme j'ai fait, je » suis devenu un assassin, un assassin » froid et réfléchi, le plus détestable » des assassins..... J'ai dit ce que ma » funeste imprudence m'a obligé de » dire. Faites de moi ce qu'il vous » plaira. Je ne demande pas de grace. » Comparée à ce que j'éprouve, la » mort serait un bienfait! »

Tels furent les accens que me dicta le remords. Ils sortirent avec l'impétuosité d'un torrent, car mon cœur saignait de toutes parts, et j'étais emporté par le besoin de le soulager. Tous ceux qui m'entendirent furent stupéfaits et confondus. Chacun d'eux fondait en larmes. Ils ne purent résister à la chaleur avec laquelle j'avais vanté les hautes qualités de Falkland ; ils partagèrent l'amertume de mes regrets.

Comment pourrais-je dépeindre ce que sentit cet infortuné ? Avant que j'eusse commencé, il paraissait dans un état de faiblesse et d'abattement, incapable de vives impressions. Quand je vins à parler du meurtre, je crus apercevoir en lui un frémissement involontaire, quoique cette émotion fût en partie affaiblie par l'affaissement de ses organes, et en partie modérée par l'énergie de son ame. C'était une allégation à laquelle il s'attendait, et il avait fait ses efforts pour s'y préparer. Mais dans ce que j'avais dit, il y avait beaucoup de choses qu'il avait été loin de prévoir. A l'instant où j'exprimai la douleur dont j'étais déchiré, il parut tressaillir, et eût d'abord l'air de craindre que ce ne fût de ma part un artifice pour gagner la confiance de mes auditeurs. Il était vivement indigné contre moi, de ce que j'avais ainsi retenu tout mon ressentiment contre lui pour l'en accabler, à ce qu'il semblait, dans les derniers momens de son existence. Cette indignation s'augmenta encore bien davantage, quand il crut s'apercevoir que, pour rendre cet acte d'hostilité plus poignant et plus mortel, j'affectais tous les dehors du sentiment et de la générosité. Mais, à mesure que je continuai, il ne lui fut plus possible d'y résister. Il ne put méconnaître ma sincérité; il fut pénétré de ma douleur et de la force de mes remords. Soutenu par quelques-uns des assistans, il se leva de dessus son siège, et.... à mon extrême surprise.... il se précipita dans mes bras.

« Williams, dit-il, vous l'emportez ! » je vois trop tard la grandeur et l'élé» vation de votre ame. Je sens que je » me suis perdu moi-même, que c'est » l'excès de ma jalouse inquiétude qui » m'a seul précipité dans l'abîme, et » que je n'ai rien à vous imputer.

» J'aurais bravé tout ce que la haine » et l'animosité auraient pu vous sug- » gérer contre moi. Mais je le vois ; la » simplicité touchante et énergique de » vos paroles a porté la conviction dans » tous les cœurs. Tout est fini pour moi. » Ce que j'ai le plus ardemment désiré » m'est enlevé pour jamais. J'ai souillé » ma vie d'une longue suite de bassesses » et de cruautés, pour couvrir un éga- » rement passager, et ne pas être en » butte aux injustes préjugés du monde. » Le voile sous lequel je me cachais est » entièrement tombé. Mon nom sera » voué à l'infamie, tandis que votre » héroïsme, votre constance et vos ver- » tus seront à jamais l'objet de l'admi- » ration des hommes. Vous m'avez porté » la plus cruelle de toutes les blessures, » mais je bénis la main qui me frappe. » Et vous, dit-il en se tournant vers le » magistrat, ordonnez de moi ce que » vous voudrez. Je suis prêt à subir la » vengeance de la loi. Vous ne pouvez

» jamais m'infliger plus de peines que » je n'en mérite. Je ne puis vous pa- » raître plus odieux que je ne le suis » à moi-même. Je suis le plus vil, le » plus détestable des scélérats. J'ai traîné » pendant des années (je ne sais depuis » quand) ma déplorable existence dans » d'épouvantables tortures. Je la perds » enfin, pour prix de tant de travaux » et de tant de crimes, en voyant s'é- » vanouir avec elle ce qui faisait ma » seule espérance, en me voyant ar- » racher l'unique bien pour lequel je » consentisse d'exister. Il était digne » d'une telle vie de ne durer précisé- » ment que ce qu'il fallait pour être » témoin de cette déplorable chûte. » Toutefois, si vous voulez me livrer » aux châtimens que j'ai mérités, hâ- » tez les coups de votre justice; l'amour » de ma réputation était le seul feu qui » entretînt dans mon cœur la chaleur » de la vie, et je sens que la honte et » la mort me frappent du même coup. »

Je rapporte les louanges que m'a données Falkland, non que je croie les mériter, mais pour qu'elles contribuent à aggraver encore l'énormité de la froide barbarie dont je me suis rendu coupable. Il ne survécut que trois jours à cette cruelle scène. J'ai été son assassin. C'était bien à lui qu'il appartenait de vanter ma constance, à cet infortuné dont ma folle précipitation immolait l'honneur et la vie! En comparaison de ma conduite envers lui, il aurait été généreux de lui plonger moi-même un poignard dans le sein! il aurait encore pu me rendre graces de ma bonté. Mais qu'avais-je fait? Ame atroce! abominable méchant que j'étais! je m'étais fait un jeu barbare de lui infliger des tortures mille fois plus cruelles que la mort. Aussi je porte la peine de mon crime. J'ai toujours devant moi son image. Dans mes veilles ou dans mes songes c'est lui que je vois. Je le vois qui me reproche avec douceur mon insensibilité pour ses peines. Je ne vis que pour être la proie du remords. Hélas ! je suis ce même Caleb Williams qui pouvait encore il y a quelques jours, au milieu de ses infortunes inouies, se vanter de son innocence.

Tel fut le résultat d'un projet que j'avais formé pour me délivrer des maux que j'endurais depuis si long-temps. Je me figurais que si Falkland venait à mourir, je pourrais retrouver encore tout ce qui rend la vie précieuse. Je me figurais que si je parvenais à démontrer le crime de Falkland, mes efforts seraient couronnés par les faveurs de la fortune et les applaudissemens des hommes. L'une et l'autre de ces conditions sont remplies ; et ce n'est que d'aujourd'hui que je suis véritablement malheureux.

Mais pourquoi est-ce moi qui suis perpétuellement le centre de mes réflexions, ce moi que je n'ai que trop écouté, ce moi qui a été la source de mes funestes erreurs? Falkland, je ne veux m'entretenir que de toi, et c'est dans cette pensée que je puiserai sans cesse un nouvel aliment à mes douleurs. Je veux consacrer à ta cendre une larme généreuse et désintéressée. Jamais ame plus grande et plus sublime n'a paru parmi les enfans des hommes. Rien n'était au-dessus de ton vaste et brillant génie, et l'ambition qui brûlait dans ton sein était une étincelle vraiment céleste. Mais dans l'aride et hideux désert des sociétés humaines, à quoi servent les plus beaux talens et les sentimens les plus distingués? C'est un sol empesté où la plante la plus précieuse ne s'imbibe que de poison, à mesure qu'elle y prend sa croissance. Tout ce qui dans un champ plus heureux et sous un ciel plus pur pourrait s'étendre et se propager en rejetons utiles et salutaires y dégénère bientôt en ronces parasites et en herbes vénéneuses.

Falkland, tu as commencé ta carrière

avec les intentions les plus pures et les plus louables ; mais dès ta plus tendre jeunesse, tu as sucé le poison de la chevalerie ; et de retour dans ton pays natal, tu t'es vu exposé aux traits d'une basse et stupide envie qui ont fait fermenter ce poison dans tes veines, et t'ont entraîné dans la démence. Bientôt hélas ! par ce funeste concours, les brillantes espérances de ta jeunesse ont été flétries pour jamais. De ce moment, tu n'as plus vécu que pour le vain fantôme d'un honneur que tu n'avais plus. De ce moment, ta bienveillance naturelle s'est convertie en une jalousie délirante et une inexorable inquiétude. Tes années se sont écoulées l'une après l'autre dans cette vie de douleurs et de mensonges ; et ton existence ne s'est prolongée que pour que tu te sentisses enfin arracher par mes cruelles mains, ta dernière consolation, et que tu visses la honte tant redoutée t'accompagner dans ta tombe.

J'ai commencé ces mémoires dans l'idée de venger mon honneur. Il ne me reste plus d'honneur à venger. Mais j'ai voulu les finir pour qu'on connût toute ton histoire, et que, si ces erreurs de ta vie que tu as tant désiré de cacher au monde, se trouvent aujourd'hui dévoilées, au moins des récits mutilés ou défigurés ne vinssent pas outrager ta mémoire.

Fin du troisième Volume.

www.ingramcontent.com/pod-product-compliance
Lightning Source LLC
LaVergne TN
LVHW020608110826
845149LV00002B/412